Ansgar Fabri

Der Saulus Effekt

Ansgar Fabri

Der Saulus Effekt

Psychothriller

Verlagsunabhängige Neuauflage des Originals
aus dem Gipfelbuch-Verlag

Bibliografische Information der Deutschen Nationalbibliothek:
Die Deutsche Nationalbibliothek verzeichnet diese
Publikation in der Deutschen Nationalbibliografie;
detaillierte bibliografische Daten sind im Internet
über www.dnb.de abrufbar.

TWENTYSIX – der Self-Publishing-Verlag
Eine Kooperation zwischen der Verlagsgruppe
Random House und BoD – Books on Demand

Covermotiv u. Montage: Nadine Fabri

Die Originalauflage erschien 2009
im Gipfelbuch-Verlag e. K. , Waldsolms/Hessen

Lektorat und Korrektorat für die Originalausgabe
im Gipfelbuch-Verlag: Insa Segebade, Jemgum /
Manon Grimm, Wetzlar

Herstellung und Verlag:
BoD – Books on Demand, Norderstedt

ISBN: 9783740743260

WIDMUNG

Für Viola, Frank, Sebastian, Rike und Martin - gute Freunde, die bleiben und denen ich dieses Buch schon früher hätte widmen sollen.

Prolog

In der Nacht, in der Norman L. Paulus' Frau starb, wurden die Schuldgefühle geboren, die sein Leben für immer verändern würden.

Bis dass der Tod Euch scheidet, dachte Paulus und sah mit nassen Augen auf seine Frau Hanna hinunter, die in seinen Armen lag, ihn schwach anblickte. Paulus spürte warmes Blut an seiner Hand, die ihren Kopf stützte. Immer mehr Blut, warm und klebrig, sickerte aus ihrem Hinterkopf, er konnte die Blutung nicht stoppen. Ängstlich hob er den Blick. War der Angreifer weg? Paulus sah sich um: die weite, hügelige Wiesenlandschaft mit dem Kinderspielplatz, die verlassenen Bänke des Parks weiter hinten, die Großstadtkulisse der Häuser des Düsseldorfer Bertha-von-Suttner-Platzes. Kein Mensch. Der dunkle Angreifer, der Glatzkopf, der mit seinem Teleskopschlagstock aus dem Nichts hervorgesprungen war, schien ins Nichts zurückgekehrt zu sein.

Was für einen Blödsinn man sagt, wenn jemand stirbt, dachte Paulus, als er sich floskelhaft lügen hörte: „Es wird alles gut, Hanna! Gleich kommt der Krankenwagen und morgen bringe ich Dir Blumen ans Bett!" Mehr brachte er nicht hervor, seine Stimme versagte.

Blut stand im Mundwinkel seiner Frau. „Mir ist kalt!" flüsterte sie. Er zog sie näher an sich heran. Er schwitzte.

„Norman!" brachte sie hervor. Bereits ihre Stimme verriet, dass es ihr wichtig war. „Ich will nur eines: Du sollst glücklich werden! Du musst das Verbrechen verstehen, nur so kannst Du weiterleben! Glücklich weiterleben! Und das ist alles, was ich will!"

Die Hoffung stirbt zuletzt? Vielleicht. Für Norman L. Paulus starb sie in dieser Nacht mit seiner Frau, jener Nacht, die das erste Kapitel der bizarren Ereignisse sein würde, die er sich in diesem schrecklichen Moment nie hätte vorstellen können.

Kapitel 1

„Ich bin Schuld am Tod meiner Frau!", sagte Norman Paulus entschlossen. Er schaute mit festem Blick die zwei Kriminalbeamten an, die vor ihm an dem kleinen, weißen Kunststofftisch in dem engen Vernehmungszimmer saßen: Ein bulliger Farbiger, der sich ihm als „Herr Cabera" vorgestellt hatte und ein Schwarzhaariger mit Dreitagebart, der Oskar Pelzer hieß. „Herr Paulus", sagte Pelzer gerade mit ruhiger Stimme, „Sie wissen so gut wie wir, dass das nicht stimmt. Ich kann Ihre Gefühle gut verstehen, aber – da bin ich mir jetzt schon sicher – *Sie* trifft keine Schuld! Der Mörder ist jemand anderes, und der rennt noch frei durch die Nacht." Pelzer machte eine Pause, ließ das Gesagte auf Paulus wirken. „Ich weiß, es ist spät. Und: Nein! Ich weiß nicht, wie es Ihnen geht. Bitte versuchen Sie trotzdem, uns noch einmal für's Protokoll klar zu machen, wer Sie sind, und wie Sie die Ereignisse erlebt haben." Paulus blickte in wache Ermittlergesichter, die Verständnis und Einfühlungsvermögen ausdrückten, als er sagte: „Ja, natürlich. Mein Name ist Norman Lukas Paulus. Ich arbeite als Coach. Mit Techniken des NLP – also dem Neurolinguistischen Programmieren –

bringe ich Menschen bei, wie sie die inneren Programme von erfolgreichen Menschen in der eigenen Psyche nachbauen können, um dieselben Fähigkeiten zu erwerben." Paulus nahm einen Schluck kaltes Wasser aus dem Plastikbecher. Die Zeiger der Wanduhr standen schon auf 0.30 Uhr, es herrschte eine unangenehme Sommernachtshitze in dem kleinen Zimmer. Paulus wischte sich mit dem Hemdärmel den Schweiß von der Stirn, bevor er fortfuhr: "Ich besitze ein eigenes Institut, nicht weit von dem Ort, an dem... ‚es' passierte..." Paulus schluckte, dann: "Ich hielt einen Vortrag über diese Techniken. Meine Frau Hanna wollte sich mit einem Informanten treffen. Sie ist... sie *war* Journalistin. Das Treffen sollte in der Parkanlage nahe des Bertha-von-Suttner-Platzes stattfinden."

"Mit wem sie sich treffen wollte, wissen Sie nicht?", fragte Pelzer. Paulus schüttelte den Kopf. "Nein, ich weiß es nicht."

"Und nach dem Vortrag sind Sie in den Park gegangen", sagte Cabera, um den Bericht erneut in Gang zu bringen.

"Ja. Ich wollte sie dort abholen."

Paulus sah durch die zwei Ermittler hindurch, sein Blick ging zwei Stunden in der Zeit zurück: Der dunkle Park. Die verlassenen Spielgeräte. Stille.

Dann der Schrei. Eine Frau! *Seine* Frau? Paulus rennt los in die Richtung des Schreis, rennt auf ein Bündel zu, das am Boden liegt. Dann der nächste Schock: Das rote Band in den dunklen Haaren, die rote Sommerbluse... Es ist seine Frau Hanna! Und darüber ragt eine dunkle Gestalt, die ausholt, um auf sie einzuschlagen! Paulus' Verstand setzt aus. Er springt den Angreifer an, wirft ihn um, sie rollen über die sonnenverdorrte Wiese. Ein Messer! Dem Angreifer fällt ein Messer aus der Lederjacke! Paulus ergreift es, der Attentäter springt auf. Paulus sieht ihn jetzt erst wirklich: ein athletischer Kerl, jung, den Kopf kahl geschoren. *Das Messer!* Paulus will etwas tun, kann nichts tun, ist wie gelähmt. Mit einem hässlichen Grinsen dreht sich der Glatzkopf weg, dreht sich seiner Frau zu.

Etwas tun!

Paulus stolpert los, weiß, dass er den Angreifer nicht töten kann, dass er nie einen Menschen töten könnte. Das Messer... Er stößt zu. Doch seine Kräfte versagen. Die Klinge drückt sich in das Leder der Jacke, doch sie richtet nichts aus, Paulus kann es nicht tun. Der Glatzkopf wirbelt herum, schlägt ihm das Messer aus der Hand. Es fliegt in einem Bogen durch die Luft, landet irgendwo in der Dunkelheit. Paulus blickt ihm hinterher wie ein Hund beim Stöckchenholen, dreht sich weg.

„In dem Moment muss er auf Hanna eingeschlagen haben", rekonstruiert er die Tragödie für die Polizisten. „Heute Nacht ist der falsche Mensch gestorben. Und Schuld daran bin ich!"

Kapitel 2

„Du bist nicht Schuld!", hörte Paulus seinen Freund Peter Fels mit ruhiger Stimme auf sich einreden. Es war fast drei Uhr nachts, doch als Paulus den Seelsorger Fels zu Hause angerufen hatte, war keine halbe Stunde vergangen, bis der Kleinwagen von Fels vor Paulus' Haus mit quietschenden Reifen gehalten hatte.

Nun saßen sie auf Paulus' Terrasse, redeten, schwiegen und blickten auf das nächtliche Großstadtpanorama Düsseldorfs: die schmucken Häuser des Gründerzeitalters, die futuristischen Bauten des Medienhafens und den

Rheinturm. Und davor: Der Rhein, der ruhig dahinfloss, gleichgültig gegenüber dem Seelenschmerz von Paulus, der zu dem dunklen Fluss hinabsah. Wie oft hatte er diesen Anblick der Großstadtkulisse mit seiner Frau Hanna geteilt, bewundert?

Der Schäferhund Andor, ein Geschenk von Hanna an ihn, legte seinen Kopf auf Paulus' Knie und winselte, wollte ihn trösten. „Die Welt ist nicht gerecht'. So eine Aussage können wir Menschen nicht akzeptieren", erklärte Fels. „Daher konstruieren Menschen, oft wenn sie Opfer von Gewalt geworden sind, Sinn. Und der sieht oft so aus, dass Opfer ein weiteres Mal Opfer werden: ihre eigenen Opfer, weil sie sich die Schuld geben. Das gibt es häufig, aber es hilft Dir nicht wirklich weiter", fuhr Fels fort. Paulus streichelte Andors warmes Fell und nahm einen Schluck Cognac. Fels trank nichts, angeblich weil er noch fahren müsste. Doch Paulus wusste, dass Peter dafür sorgen wollte, dass wenigstens einer von ihnen einen klaren Kopf bewahrte, und dafür war er seinem Freund sehr dankbar.

„Wieso konnte ich nichts tun? Wieso habe ich Hanna sterben lassen? Wieso habe ich diese Bestie nicht umgebracht?", klagte Paulus.

„Tötungshemmungen sind genetisch bedingt und arterhaltend", entgegnete Fels geduldig. „Aber die Bestie hatte diese Hemmungen nicht!" protestierte Paulus lauter als beabsichtigt und mit schwerer Zunge. „Ja, das stimmt", bestätigte Fels. „Auch Tötungshemmungen können abgebaut werden, das Militär beispielsweise betreibt das systematisch. In den früheren Kriegen gab es im Verhältnis zu modernen Kriegen weniger Tote, weil viele Soldaten absichtlich daneben geschossen haben. Das Militär hat viel dafür getan, das zu ändern."

Paulus hörte gar nicht zu, war in sich und seinen Kummer versunken. „Das ist alles nicht fair!", murmelte er.

Eine Weile sagten sie beide nichts.

„Und wie soll ich... ‚sinnvoll' Sinn konstruieren?", nahm Paulus den fast vergessenen Faden wieder auf. „Hanna hat gesagt, ich solle dieses Verbrechen verstehen! Nur *Wie?* – Ich könnte ja mit NLP-Techniken den Mörder modellieren! Klar! Modellieren könnte ich die Bestie! Das wäre wohl eine der höchsten Formen des Verstehens!" murmelte Paulus vor sich hin. Fels schwieg, ließ ihn aussprechen, was er dachte. Dabei war kaum klar, ob Paulus mit Fels, sich selbst oder eigentlich mit niemandem sprach: „Dieser Gedanke kommt immer wieder", führte Paulus seinen Monolog fort. „Er ist wie ein Bumerang: Ich werfe ihn weg, weil ich ihn nicht haben will, doch er kommt immer zu mir zurück. Und genau das gibt mir zu denken: Was ist, wenn Hanna mir wirklich sagen wollte, ich sollte die Bestie modellieren?"

Kapitel 3

Alles ist wunderbar! Norman Paulus und seine Frau Hanna stehen vor dem alten Haus von Paulus' Eltern, mitten in einem Sommerwald. Es ist warm, die Sonne scheint, Vögel zwitschern in den sattgrünen Baumkronen.
Sie gehen ein Stück über den weichen Waldweg, reden, scherzen, lachen.
Hanna zeigt zum blauen Himmel: Wolken breiten sich aus, rasend schnell, wirbeln durcheinander, schießen in die Höhe. Der Himmel wird rot wie bei einem Sonnenuntergang, nur zur falschen Tageszeit. Aus den Wolken formen sich zwei Wesen, menschliche Umrisse, mit unmenschlicher Aura, gigantisch, bedrohlich. Dann

bricht ein unerbittlicher Kampf zwischen den Wolkenmännern am Himmel aus.

Norman und Hanna laufen um ihr Leben. Es regnet gelbe Blätter von den Bäumen wie in einem Herbststurm. Sie erreichen das Waldhaus, schlagen die Tür hinter sich zu. Die Luft wird eiskalt. Durch das kleine Fenster in der Tür strömt rotes Dämmerlicht. Es klopft laut an der Tür. Paulus kann nichts tun, kann nur schreien, als er wie in Zeitlupe mit ansieht, wie seine Frau die Tür öffnet. Vor dem roten Dämmerlicht sieht er einen der Wolkenmänner stehen, nur noch hoch wie die Tür. Er hört eine hasserfüllte, dröhnende Stimme in seinem Kopf, die verkündet, dass er gekommen ist, um seine Frau zu holen.

Norman Paulus fuhr mit erschrecktem Gesichtsausdruck aus seinem Albtraum. Der Gräuel der Bilder steckte noch in seinen Gliedern. Seine Stirn glänzte schweißnass, seine Augen waren tränenverklebt. Durch sein Schlafzimmerfenster strömte rotes Dämmerlicht. Ein neuer Tag, an dem er, Norman Lukas Paulus, zum Weiterleben verdammt war, brach an. Morgengrauen... Paulus wollte weiterschlafen, alles vergessen, was ihn heimgesucht hatte. Doch es ging nicht. Wenn

18

er die Augen schloss, sah er erneut den Wolkenmann vor dem roten Dämmerlicht im Türrahmen stehen. Wenn er wach blieb, quälten ihn die Gedanken.

Was ist, wenn Hanna wirklich gemeint hatte, er sollte ihren Mörder modellieren? Wenn sie wirklich gewollt hatte, dass er, Norman Lukas Paulus, mit den Arbeitsstrategien des Neurolinguistischen Programmierens die Gedanken und Fähigkeiten dieser Bestie nachbauen sollte, wie er sonst Topmanager und Kreativgenies nachbaute…

Konnte sie das gemeint haben?

Was ist, wenn nicht?

Aber was sonst?

Alles deutete für Paulus darauf hin, dass sie gewollt hatte, dass er die Psyche des Mörders in der eigenen Psyche nachbaute… um den Mörder zu verstehen, um das alles zu begreifen, um irgendwie wieder glücklich zu werden. – Und *das* war es zweifelsfrei gewesen, was Hanna sich gewünscht hatte!

Paulus schwang die Beine aus dem Bett. Er war sich nicht sicher, was er tun sollte.

Paulus spürte, dass es nicht gut war, was er sich jetzt antun würde, als er die Fotoalben aus dem

Wohnzimmerregal nahm, die unter einem gerahmten Hochzeitsbild lagen. Sicher würde es ihm nach dem Betrachten des Albums noch schlechter gehen als zuvor. Paulus wusste, dass ein Mensch viel mehr Einfluss auf sein Wohlbefinden hat als er sich in Leidenssituationen oft eingestehen will. Doch er konnte nicht anders, setzte sich in den Sessel, legte das Album auf die Knie und schlug es auf.

Hanna und er zusammen in einem Park, Arm in Arm bei ihrer Hochzeitsfeier...

Zehn Minuten später hatte er ein weiteres Album mit Hochzeitsbildern durchgeblättert, aus den Lautsprechern des Computers klang die Stimme seiner Frau: ein Podcast, den sie ihm aufgezeichnet hatte, bevor sie zu einer mehrwöchigen Rechercherreise nach China aufgebrochen war. Paulus achtete nicht auf die Inhalte ihrer Worte, genoss ihre digital archivierte Stimme als einmaliges Klangerlebnis. Währenddessen blätterte er beinahe mechanisch in einem Album, doch er achtete mehr auf seine Erinnerung als auf die Fotos vor sich.

Er horchte auf. Der letzte Satz der Aufzeichnung seiner Frau lautete: „Du hast Fähigkeiten, die andere nicht haben. Nutze sie! Sie werden dir helfen! Dass es dir gut geht, ist alles, was für mich zählt!"

Norman Paulus versuchte, den Mund zu einem Lächeln zu formen, doch die aufsteigende Trauer machte eine Grimasse daraus. Doch egal wie schlimm der Moment auch war, er traf eine Entscheidung. Und die war der erste Schritt auf dem Weg, der ihn zu seinem inneren Frieden führen würde, dessen war er sich plötzlich sicher.

So sicher – das formulierte er später selbst so – wie ein Wahnsinniger, der eine Vision hat.

Kapitel 4

Schritt eins: Ich finde heraus, wer der Mörder ist.
Schritt zwei: Ich nehme ihn gefangen.
Schritt drei: Ich modelliere die Bestie!

Norman Lukas Paulus wusste, dass dieser Dreiklang mehr als naiv war. Aber er hatte bereits eine Idee, wie er dieses unrealistische Ziel auf höchst realistische Weise angehen konnte! Nein – nicht konnte: *würde*!

Er lief die Treppe vom Wohnzimmer hinauf in die erste Etage seines geräumigen Zuhauses, das ihm noch nie so bedrückend leer und groß erschienen war.

Ziel definieren, Strategie entwickeln, das Geplante umsetzen. Ergebnisse überprüfen, Strategie anpassen, weitermachen. Das war alles. Das war das Schema, das er in seinen Managementseminaren als Coach unzählige Male gepredigt hatte. Dieses Vorgehen würde ihm bei seinem „Projekt" nun helfen, dachte er, während er auf das Arbeitszimmer seiner Frau zustrebte. Im Zielmanagement gibt es Nah- und Fernziele. Das erste Nahziel war für ihn, die Identität des Mörders herauszufinden. Ein ehrgeiziges Unterfangen. Aber das Wichtigste war: Er musste den Mörder stellen, bevor es die Polizei tat! Darin bestand das größte Problem. *Nein!* rief der Coach in Paulus. *Es gibt keine Probleme! Nur Herausforderungen!* Die Tatkraft und der Durchsetzungswille des Managertrainers in ihm flammten unvermittelt auf, Kräfte, die am gestrigen Abend unter einer Lawine von Trauer verschüttet gewesen waren, und die sich nun in einem unbändigen Überlebenswillen bis an die Oberfläche gegraben hatten.

Paulus betrat das Arbeitszimmer seiner Frau. Hanna hatte sich mit einem Informanten treffen wollen. Das bedeutete: Es gab möglicherweise Hinweise auf seine Identität in ihren Rechercheunterlagen...

Er schaltete ihren Laptop ein. Papiere würde er nicht wälzen müssen.

Die sensiblen Dokumente, das wusste Paulus, lagen in einem abgeschlossenen Fach in der Redaktion. Da würde er nicht herankommen. Aber an ihr digitales Material...

Paulus trommelte ungeduldig mit den Fingern auf dem Schreibtisch. Dann fluchte er. „Passwort eingeben!", las er wütend das Dialogfeld auf dem LCD-Bildschirm. Was für ein Passwort? Verdammt! Er sah sich um. Er wusste, dass Hanna ihre Passwörter aus Sicherheitsgründen wöchentlich gewechselt hatte. Und er wusste, dass sie dabei gerne Namen von Gegenständen in Sichtweite ihres Arbeitsplatzes verwendete. „Außerdem liebte sie lateinische Begriffe", murmelte Paulus, während er sich im Zimmer nach etwas umsah, was, warum auch immer, für ein Passwort herhalten könnte... Blumentopf? Wanduhr? Bücherregal? Er versuchte es. „Falsches Passwort!" Immer dasselbe! Paulus probierte es weiter: Bild, Bilderrahmen... nichts! Verzweifelt aufstöhnend, legte er den Kopf in den Nacken, blickte zur Decke. Über ihm drehte sich ein Mobile mit Papp-Fledermäusen, die an einem knorrigen Zweig hingen... Fledermaus?, dachte Paulus und hackte das Wort in die Tastatur.

„Falsches Passwort!" Paulus fluchte. Doch Moment! Was war mit der Liebe zum Lateinischen von Hanna? Was hieß gleich Fledermaus auf Lateinisch? Hanna hatte es ihm einmal gesagt, als ein solches Nachtwesen auf ihrer Terrasse um sie herumgeflattert war. „Chiroptera! sagte Paulus, während er das Wort eintippte. Erleichtert seufzte er, als der Desktop endlich vor ihm aufleuchtete. Er klickte sich durch die Dateien, fand jene, die zu ihrer neuesten Story gehörten. Neben Interviewmitschriften fand er eingescannte Dokumente, die ihr offenbar streng vertraulich zugespielt worden waren. Sie war mindestens einem kleineren Skandal auf der Spur gewesen, das bemerkte Paulus schnell. Es ging um eine dubiose Gesellschaft, die Sprachstipendien für Schüler vergab. Doch offenbar waren einige der leistungsstärksten Schüler absichtlich benachteiligt worden, wie er den Dokumenten entnahm. Drei Schüler und zwei Schülerinnen waren bei gleicher Leistung aus der Bewertung genommen worden... Dann fand Paulus den Grund: Alle waren körperlich behindert. Offenbar ein Fall von Diskriminierung. Schlimme Sache, aber Paulus' Plänen half diese Erkenntnis zunächst nicht. Er las weiter, überflog die Zeilen, öffnete neue Dateien. Der Skandal gewann an Ausmaß: Offenbar hatte sich die Organisation die medizinischen Daten über die Schüler auf illegale Weise beschafft... Paulus wurde ungeduldig. Wer war ihr Informant von gestern Abend? Dann die Datei mit dem Namen: *„Kontakte"*! Paulus holte tief Luft, klickte sie an.

„Bitte Passwort eingeben!" Laut fluchend schlug Paulus auf die Schreibtischplatte! Er sah sich suchend um, tippte erneut „Chiroptera" ein. Fehlanzeige! Weitere Versuche. Kugelschreiber, Briefbeschwerer... wieder Fehlanzeigen! Paulus schwitzte. Das durfte doch nicht wahr sein! Verzweifelt zog er eine Schreibtischschublade auf, wühlte darin herum. Schnellhefter, Stadtpläne, Bedienungsanleitungen... *Was war das Passwort?* Paulus strich sich über sein unrasiertes Kinn. Nicht aufgeben! rief es in ihm. Er riss die nächste Schublade auf. – Und zog langsam ein altes Handy heraus... Darauf klebte ein Zettel, auf dem mit Hannas geschwungener

Handschrift stand: „Passwort vergessen? Frag Henri Nannen!" Paulus biss sich auf die Lippen. Henri Nannen... Der große deutsche Journalist, der das Magazin „Stern" gegründet hatte, war längst tot. Er war immer Hannas journalistisches Vorbild gewesen... „Das ist es!", murmelte Paulus. Er hatte eine Vermutung. Wenn diese nicht zutraf, würde er nicht mehr weiterwissen. Aber er war sich sicher, wie er das Kennwort finden würde. Genau genommen vermutete er, dass es sich eigentlich um einen Zahlencode handelte. Und Hannas humorig gemeinter Tipp, den zu knacken, würde ihm nun tatsächlich helfen, zumindest hoffte er das, als er das Mobiltelefon einschaltete. Er öffnete das digitale Telefonbuch des Handys, dann rief er alle gespeicherten Namen mit „H" auf. „Henri N", las er laut. Er markierte den Namen und ließ sich die dahinter stehende Nummer anzeigen. Eine Düsseldorfer Vorwahl. Die Nummer gibt es vermutlich gar nicht, dachte Paulus, während er die Zahlen, die hinter der Vorwahl standen, in den Laptop eingab. Das Kennwort war als Telefonnummer getarnt, da war Paulus sich sicher. Dieser Trick, sich Zahlen zu merken, war typisch für Hanna gewesen. Die letzte Ziffer... Paulus hob den Finger über die Enter-Taste, holte tief Luft. Jetzt oder nie, sagte er sich, drückte die Taste und kniff die Augen zu, als glaubte er, der Computer würde explodieren. Nach einigen Momenten, die er angespannt da saß, traute er sich, die Augen zu öffnen.

Vom Monitor starrte ihn das Bild des Mannes an, den er gestern Abend im Park gesehen hatte! Paulus schluckte Trauer und Hass herunter. Das Bild war eingescannt. Darunter stand ein Name: *„Paolo Cambiare"*, las Paulus.

Kapitel 5

Es geht voran, du kannst nicht zurück, du willst nicht zurück, und du weißt es!, sagte sich Norman Paulus, als er aus der schwülen Abendluft, die bleischwer auf der belebten Königsallee lag, in ein angenehm klimatisiertes Restaurant trat. Der Sommerabend lockte trotz der Schwüle die Düsseldorfer auf die Straßen, in die Cafés und Restaurants.

Es war voll hier, doch erkannte er sofort den Mann, mit dem er sich verabredet hatte. Was für ein Widerling!, dachte Paulus, als er auf den Koloss im Nadelstreifenanzug zustrebte. Eine

Mischung aus feinem Klischeemafioso und prügelndem Türsteher: Vladimir Strelok. Strelok war „Boss" einer eigenen Sicherheitsfirma. Ein Mann mit dem Menschenbild eines Sklavenhändlers und der Selbstherrlichkeit eines Diktators. Diese Untugenden vereinte der ehemalige Fremdenlegionär in einem muskelbepackten Körper. Paulus schämte sich vor sich selbst, als er ihm die Hand gab und dessen heruntergeleierten Beileidsbekundungen entgegennahm. Ein Heuchler, ein Söldner, ein Krimineller war dieser Kerl. Und leider war so ein Widerling genau das, was Paulus nun brauchte. „Lange nicht mehr gesehen!" begann Strelok den Smalltalk. Paulus nickte. „In der Tat, es ist bestimmt ein halbes Jahr her." Paulus hatte für die „Gorillas", wie er hinter vorgehaltener Hand die Mitarbeiter der Sicherheitsfirma genannt hatte, ein Seminar veranstaltet. „Gewaltfreie Kommunikation, Konfliktmanagement und Mediation" waren die Themen gewesen. Strelok schien das alles mehr als Belustigung erlebt zu haben, doch hatte er extrem gut gezahlt.

„Was kann ich für Sie tun, mein Freund?", fragte Strelok mit einem breiten Gaunergrinsen. „Ich will, dass Sie mit Ihrer Firma den Mörder meiner Frau schnappen", entgegnete Paulus ohne zu zögern. Auf dem breiten Narbengesicht von Strelok zeichnete sich einen Moment tatsächlich so etwas wie eine Regung der Überraschung ab. Dann fragte er im selben schmalzigen Tonfall wie zuvor: „Ein verständliches Vorhaben. Wie stellen Sie sich das konkret vor?"

Paulus spürte nicht den geringsten Zweifel daran, dass er das Richtige tat. Das Einzige, was ihn störte, war, dass er sich auf diesen Mafioso mit Gewerbeschein einlassen musste. Strelok konnte ihn aus unerfindlichen Gründen gut leiden. Diesen Umstand wusste Paulus nun zu nutzen. „Ich gebe Ihnen Name und Foto und komme für die Kosten auf. Beim Übrigen vertraue ich voll und ganz auf Ihre Kompetenz und Erfahrung", griff er diplomatisch die Frage auf und schob ihm einen Umschlag über den Tisch. „Foto und Name", erklärte er. „Die Bezahlung folgt." Strelok lächelte wieder breit. „Kompetenz und Erfahrung, ja die haben wir, was so etwas angeht."

Ein Kellner trat an ihren Tisch, sie unterbrachen das Gespräch, der Ober nahm die Bestellung auf. Strelok bestellte Hummer, Paulus tat es ihm nach, obwohl er sich über sich selbst wunderte:

Er hatte es immer verachtet, Tiere zu essen, die lebendig gekocht wurden. Doch an diesem Abend verzichtete er auf seine moralischen Prinzipien.

„Ich nehme an, Sie wollen ihn zunächst lebendig. Wo sollen wir den Kerl hinbringen?" fragte Strelok, als der Kellner außer Hörweite war. „Ich habe schon eine Idee", antwortete Paulus. „Ich werde es Ihnen morgen mitteilen."

Kapitel 6

Hier also will ich Paolo Cambiare hinbringen lassen. Hier will ich ihn alleine, abgeschieden von der Welt, in Ruhe studieren, modellieren, seine widerwärtige Psyche in mir selbst nachbauen, um ihn zu verstehen, dachte Norman Paulus und blickte beinahe etwas skeptisch auf das einsam da stehende Haus seiner Eltern. Verlassener, verwaister, verfallener als in seinem Albtraum von den Wolkenmännern präsentierte sich der alte Bau vor ihm. Das Haus stand mitten im Wald – irgendwo am Ende eines langen, holprigen Zufahrtsweges, der sich durch den Eller Forst schlängelte. Hier draußen ging es Paulus sogar etwas besser. All das Schreckliche der vergangenen Tage schien zumindest für diesen Moment weit weg zu sein: Die Polizisten mit ihren Fragen, sein plötzlich so leer wirkendes Stadthaus mit all den Erinnerungen an Hanna... und der Computer in Hannas Büro, von dem Norman Lukas Paulus alle Dateien, die Pelzer und seine Kommission zu Cambiare hätten führen können, gelöscht hatte... Der Wald im Südosten Düsseldorfs reichte bis an die Stadtgrenze, doch schien Paulus hier draußen in einer anderen Welt zu stehen. Hohe Bäume überschatteten, verbargen das alte Haus, exotisch anmutende Farne wucherten um das Haus herum. Eine beklemmende, unheimliche Stimmung lag in der Luft. Paulus schritt über den verwilderten Zufahrtsweg auf das Haus zu, blinzelte es an. Braune, verwittere Steine, abblätternder Putz. Ein spitzer, windschiefer Giebel mit hervorlukenden Dachfenstern. Ein zerbröckelnder Schornstein, aus dem wie aus einem zu großen Blumentopf ein Pflanzentrieb der heißen Sommersonne entgegenspross. Und wie zur Begrüßung grinste unter dem Giebeldreieck ein eingemeißeltes Gesicht hervor, schelmisch, töricht, beinahe diabolisch.

Ein Mann in blauer Arbeitskleidung trat aus dem Schatten der Eingangstür in die brütende Hitze. Eine Bohrmaschine brüllte auf. Der Blaumann kam auf Paulus zu: „Wir sind bald soweit!" rief er. Paulus nickte. Er ließ seit dem frühen Morgen das alte Haus aufrüsten. Ein großer Trupp Techniker verstärkte Türrahmen, setzte Zylinderschlösser mit Mehrpunktverriegelung ein, montierte ein quaderförmiges Querriegelschloss. Ein Team pro Fenster und Tür – fast Rekordarbeit.

„Wie andere Zusatzschlösser haben wir das Querriegelschloss etwa 30 Zentimeter unterhalb des Hauptschlosses angebracht! Die meisten Angriffe gelten dem unteren Türbereich!" rief der Blaumann, um den Bohrmaschinenlärm zu übertönen. „Das wird eine sehr gute Einbruchssicherung!" Eigentlich Ausbruchssicherung, dachte Paulus. Denn das war es, was er wirklich wollte: Das Haus so aufrüsten, dass Paolo Cambiare nicht ausbrechen konnte, dass es zum kleinen Privatgefängnis wurde.

Paulus ging um das Haus herum und wischte sich Schweiß von der Stirn. Diese Hitze! Hörte das denn nie auf?

Die Lichtschächte des Kellers waren bereits mit Stahllochblenden gesichert. Drei Millimeter stark, wie man ihm versichert hatte. Paulus setzte seinen Weg fort, ging um das Haus herum, in den verwilderten Garten. Hier und da setzten sich alte, blühende Zierpflanzen gegen die Invasoren des Waldes durch. Doch längst hatten sich übermannshohe Herkulesstauden ausgebreitet, die ihre fleischigen, zweifingerdicken Halme mit ihren weißen, schirmartigen Blütenständen dem blauen Himmel entgegenstreckten. Paulus klopfte prüfend gegen ein Fenster. Die Scheiben waren nun mit einer Spezialfolie beschichtet. Wenn jemand versuchte, das Glas mit einem Stein oder anderem Wurfgeschoss zu zerbrechen, würde der sein blaues Wunder erleben: Die Folie würde die Splitter zusammenhalten. Ein Hinausklettern würde nicht so leicht möglich sein.

Nach einer Stunde kam der Blaumann erneut und erklärte Paulus, dass sie nun fertig seien. Das Haus sei jetzt eine kleine Festung, alles wunderbar, er brauche sich keine Sorgen zu machen. Paulus bedankte sich und blickte der abrückenden Wagenkolonne nach, wartete bis sich die Staubwolke, die sie hinter sich herzog, legte.

Es wurde still im Wald. Die Vögel schienen bei der brütenden Gluthitze nicht singen zu wollen. Gelbe Blätter rieselten von den Bäumen wie im Herbst, die Hitze trocknete den Wald aus.

Paulus gähnte. Er hatte die ganze Nacht gearbeitet. Und mit jedem Dübel, den er gesetzt, mit jeder Schweißnaht, die er gezogen hatte, war er sich sicherer geworden, dass er so handeln musste wie er es tat. Er drehte sich um und schlenderte in Richtung des alten Waldhauses, betrat den schattigen Eingangsbereich und zog die Tür mit ihrem neuen Sicherheitsschloss zu. Keiner hatte lästige Fragen gestellt, wieso, weshalb, warum er ein so altes Haus so aufrüsten ließ. Wer seine Frau durch ein Verbrechen verloren hatte, brauchte mit Fragen dieser Art nicht zu rechnen.

Paulus ging durch das alte Wohnzimmer. Zwischen vergilbten Heiligenbildchen, die seine Mutter gesammelt hatte, stand – direkt unter dem Sütterlinschriftzug „Der liebe Gott sieht alles" – sein Laptop. Er vertrieb den Bildschirmschoner mit einer hektischen Mausbewegung, rief ein Programm auf. Auf dem Monitor erschien in einem schwarz-weißen Bild ein Käfig. Paulus betrachtete ihn eine Weile, dann wandte er sich ab, ging in einen engen Nebenraum, auf eine kleine Holztür zu. Mit quietschenden Angeln zog er sie auf, knipste eine nackte, am Kabel baumelnde Glühlampe an. Er stieg die Treppen hinunter. Die Luft war feucht und kühl. Am Ende der Treppe schloss er eine weitere Holztür auf. Dahinter stand ein hölzerner Schemel im Licht einer weiteren Glühlampe. Und dahinter: ein Käfiggitter, das den Raum unterteilte. Schweigend trat Paulus näher, setzte sich hin. Das Gitter hatte er von einem alten Hundezwinger, den sein Vater besessen hatte, abmontiert und hier unten neu aufgebaut. Es war ausbruchsicher verankert, da war Paulus sich nach stundenlanger Arbeit sicher gewesen. Er vertraute dem Gitter. – Oder zumindest fast. Hinter dem Gitter lag eine Matratze. Paulus hatte den Teil des Kellers ausgewählt, in dem sich sogar eine Toilette befand. Nur knapp zwei Meter vor ihr standen auf dem Betonboden ein Pappteller und ein Plastikbecher, daneben lag Plastikbesteck für die Bestie bereit. Das war alles. Nichts, was die Bestie als Waffe gegen ihn oder sich selbst verwenden könnte, wenn sie hier unten eingekerkert werden würde. Hier würde er den Mörder modellieren. In Ruhe. Allein. Nur sie beide. Einerseits konnte Paulus es nicht fassen, was er in den letzten 24 Stunden in die Wege geleitet hatte. Andererseits war er sich auf bizarre Weise sicher, dass es das Richtige war. Für ihn und für Hanna.

Eine Weile saß er geradezu meditierend in diesem „Orkus", wie er seinen Keller nun nannte. Er wollte sich mental auf den bevorstehenden Prozess vorbereiten, wollte sich im Einklang mit dem alten Gemäuer wissen.

Irgendwann, er wusste nicht, wie viel Zeit vergangen war, zerriss das Klingeln seines Handys die andächtige Klosterstille, ließ ihn der penetrante Ton zusammenzucken. „Ja?" Er erkannte sofort die Stimme von Strelok. „Wir können ihn jetzt schnappen!"

Kapitel 7

Es funktioniert, mir geht es erstaunlich gut, bemerkte Paulus. Das Vorbereiten für den Modellierprozess in seinem „Orkus", das Aufrüsten seines Waldhauses, das Planen der Gefangennahme der Bestie, alles lenkte Paulus ab, ließ ihn glauben, auf ein großes, erlösendes Ziel hinzuarbeiten. – Dieser Glaube half ihm in den dunklen Jammertälern, die nach den Gipfeln der Ablenkung unweigerlich und unerbittlich folgten. Paulus interpretierte seinen inneren Zustand als Beweis dafür, dass er das Richtige tat, während er im schwarzen Anzug, den er auch zur Beerdigung in einigen Stunden tragen würde, auf das spektakuläre Wolkengebirge über dem grünen Kuppelbau der Düsseldorfer Tonhalle blickte.

Es war früher Morgen, die Sonne ging über den noch menschenleeren Straßen der Rheinmetropole auf. Es war der Morgen, an dem sie die Bestie schnappen würden. Die Sicherheitsfirma hatte dem Kerl eine Falle gestellt, und er schien hineinzutappen. Die Antwort auf die Frage, was für einen Köder sie ausgeworfen hatten, lehnte Strelok mit einem breiten Krokodilgrinsen ab. Eigentlich war es Paulus auch egal. Hauptsache, sie bekamen ihn. Ob, das würde er gleich miterleben. Streloks Geltungssucht hatte ihn wohl dazu bewogen, Paulus' Wunsch, dabei zu sein, stattzugeben.

Nun saß Paulus im schwarzen Anzug, den er in wenigen Stunden bei Hannas Beerdigung tragen würde, auf dem Rand eines Brunnens in Sichtweite der Tonhalle im Hof des Museums Kunstpalast. Ein Ort der geometrischen Formen: Das kreisförmige Brunnenbassin, auf dem Paulus hockte, umgaben die quaderförmigen Museumstrakte, gesäumt von Kastanien mit kastenförmig gestutzten Kronen, unweit von rechteckigen Rasenstreifen. Auf die beginnende Szenerie des geplanten Kidnappings blickte von der backsteinernen Museumsfassade eine Statue Arno Brekers mit versteinertem Blick herab, ungerührt dessen, was hier nun seinen Lauf nehmen sollte.

Die Gefangennahme – das Kidnapping – sollte gut hundert Meter vor ihm auf dem um diese Uhrzeit noch menschenleeren Museumsplatz stattfinden.

Dann sah Paulus die Bestie. Den Glatzkopf mit dem Lederjackett hätte er unter Millionen anderen Kahlköpfen sofort wiedererkannt. Paulus' Atmung ging schneller, in seinem Magen breitete sich ein Gefühl aus, das ihn gleichermaßen zur Flucht, wie zum Angriff aufstacheln wollte. Mit dem Blick eines Scharfschützen beobachtete er die Bewegung der Bestie: Paolo Cambiare ging selbstsicher, beinahe tänzelnd durch den frühmorgendlichen Park, unübersehbar drückten seine Bewegungen seine Selbstherrlichkeit aus. Er fühlte sich überlegen, ahnte nicht, was ihm bevorstand, das spürte Paulus. Einer der Gorillas von Streloks Sicherheitsfirma trottete auf ihn zu – breitschultrig, schwerfällig, die mächtigen Pranken in den Taschen der Baseballjacke vergraben. Weiß der Teufel, unter welchem Vorwand sie den Mistkerl hergelockt haben, dachte Paulus. Die beiden redeten. Dann gingen sie los. Der Gorilla fiel ein kurzes Stück zurück, dann griff er an. *„Ach du Scheiße!"* entfuhr es Paulus und stand perplex auf, als er sah, wie der Glatzkopf den Gorilla zu Boden warf, als sei der eine Schaufensterpuppe. Aus einem Versteck rannte ein weiterer Gorilla auf den Glatzkopf los. Doch anstatt wegzulaufen, schnellte der auf ihn zu, sprang hoch und trat dem Muskelpaket vor die Brust. Paulus schüttelte fassungslos den Kopf. Er schwitzte. „Das darf alles nicht wahr sein!" flüsterte er. Der Glatzkopf packte den Gorilla und schleuderte ihn um. Dann sprangen vier weitere Gorillas aus ihren Verstecken. Der Glatzkopf ergriff die Flucht. – Und rannte genau auf Paulus zu! Mit der Schnelligkeit eines Olympiaathleten näherte er sich Paulus, in dem nackte Panik aufstieg. *Was jetzt?*

Wie aus dem Nichts stand plötzlich ein weiterer Gorilla zwischen ihnen. Paulus bemerkte ein Gerät in dessen Händen, das aussah wie eine futuristische Pistole – ein Elektroschocker. Dann ging alles ganz schnell. Der Gorilla löste den Elektroschocker aus, der Glatzkopf brach zusammen, landete auf dem Sandweg und wirbelte Staub und Dreck auf, während er sich auf dem Boden wand. Von allen Seiten kamen nun Gorillas, umkreisten den am Boden Liegenden. Paulus hörte das Motorenbrummen eines Autos. Ein Kleinbus ohne Aufschrift rumpelte an ihm vorbei, fuhr ihn fast um. Das Kennzeichen war schlammverspritzt, es war wie in einem Kinofilm. Die Gorillas richteten ihr Opfer auf, schubsten es in Richtung der aufstehenden Schiebetür des Kleinbusses. Das Gesicht des Glatzkopfes steckte nun in einem schwarzen Stoffsack, seine Hände fesselte ein Kabelbinder. Einer der Gorillas winkte Paulus, er solle herüberkommen. Paulus lief los, sprang in die offene Tür des Kleinbusses, der mit brüllendem Motor bereits anfuhr. Im schaukelnden Wagen zwängte sich Paulus neben die Gorillas auf eine Sitzbank. Einer der Kerle hatte starkes Nasenbluten. Schweigend blickte Paulus auf den Glatzkopf hinunter. Jetzt war *der* der Schwächere. „Zeit für einen Seitenwechsel", murmelte Paulus, ohne zu ahnen, wie Recht er hatte.

Kapitel 8

Kritiker hätten sagen können, Norman Lukas Paulus sei bei der Beerdigung seiner Frau verrückt geworden. Er selbst war sich sicherer denn je darüber geworden, dass er mit seinem äußerst bizarren Vorhaben den einzig möglichen Weg eingeschlagen hatte, und dass es keinen Grund gab, mit weicheren Methoden zu arbeiten als er es tat.

Zwei Stunden nach der Beisetzung rumpelte Paulus' Geländewagen in einer flirrenden Sommerhitze durch den Wald. Paulus trug noch den schwarzen Anzug, schwarze Krawatte, schwarze Sonnenbrille – all das spiegelte sein Inneres nach außen. Doch er fühlte sich schon wieder etwas besser. Er war sicher, gleich einen großen Schritt voranzukommen. Er war sicher, dass die Zeit für ihn arbeitete. Die Bestie saß jetzt seit über sechs Stunden in dem Verlies. Allein. Die Angst, dass er den Kerl nicht zum Reden bringen konnte, stieg immer wieder aufs Neue auf, doch er hatte einen Plan. Folter. Keine körperlichen Qualen, nein, er wäre nie imstande, einem Menschen so etwas anzutun, selbst dem Mörder seiner Frau nicht! Nein. Psychologische Folter. Zumindest in der ersten Phase des Modellierungsprozesses.

Der Waldweg verengte sich, Äste streiften an der Karosserie entlang, Paulus verlangsamte das Tempo des Wagens, während er sich seine „Strategie" ins Gedächtnis rief: Das Modellieren des Mörders würde nicht funktionieren, wenn er ihn permanent unter Druck setzte. Die Bestie Paolo Cambiare musste Vertrauen gewinnen, ihn sogar beinahe mögen. Er musste das Gefühl bekommen, dass Paulus ihn akzeptierte und respektierte. Die psychologische Folter war paradoxerweise der Schlüssel zum Tor in diese Vertrauensbeziehung.

Der Geländewagen rollte über einen kurzen Steg, unter dem ein von der Sonne fast ausgetrockneter Bach vor sich hindümpelte, dann hielt er mit auf Kies knirschenden Reifen vor dem Haus.

Die psychologische Folter hatte längst begonnen, das wusste Paulus, als er die Holztür zum „Orkus" aufschloss.

Die Bestie saß mit Handschellen am Gitter festgekettet im Käfig. Die Sicherheitsfirma hatte Paolo Cambiare bis hierher gebracht. Strelok hatte das Verlies mit glänzenden Augen inspiziert und Paulus versichert, dass es „ausbruchsicher" sei. Keine Fragen über Paulus' Vorhaben. Erpressbar war Paulus nicht, die Sicherheitsfirma steckte viel zu sehr in der Geschichte, als dass sie ihn bedrohen könnte, das wusste Paulus.

Er ging auf die Bestie zu, die da saß, wie Streloks Gorillas sie zurückgelassen hatte: gefesselt, den Kopf noch immer in dem schwarzen Stoffsack. „Deprivationstechnik" hieß diese psychologische Foltermethode, das hatte Strelok ihm erklärt. „Genau genommen ist es eine sensorische Deprivationstechnik: Der Kopf des Gefangenen wird über einen langen Zeitraum mit einer Kapuze oder ähnlichem verhüllt. Das ruft Angstzustände oder Halluzinationen hervor! Der Vorgang wird so oft wiederholt bis das Ziel erreicht ist", hörte Paulus Streloks Worte im Geiste. Außerdem hatte Paulus die Bestie einer weiteren Deprivationstechnik unterzogen: Dem Entzug von Sozialkontakten. Doch seine Strategie sah weitere psychologische Folterelemente vor, die Paulus bizarrerweise helfen sollten, dass die Bestie Vertrauen zu ihm gewann.

Paulus holte tief Luft, hoffte, dass er seine Rolle gut spielen würde, denn davon hing nun alles ab. Er trat vor und zog dem Mann mit einem Ruck die Kapuze vom Kopf. Der kahlgeschorene Schädel war schweißnass und glänzte im Licht der nackten Glühbirne. Paulus wollte nun bei diesem „Erstkontakt" eine Kommunikationstechnik anwenden, die ein hohes Maß an so genannten Doppelbindungen enthielt. – Diese Doppelbindungen spielten, wie Paulus im Vorfeld gelesen hatte, eine wichtige Rolle in der „Schizophrenie-Theorie". Sie würden helfen, die Bestie systematisch zu verunsichern.

Paulus trat einen Schritt zurück, so dass der Mann ihn sehen konnte. Der Glatzkopf blinzelte ihn an. Angst und Verunsicherung sprachen aus seinen hektisch umherblickenden Augen.

„Es tut mir Leid, dass ich Ihnen das antun musste!", entschuldigte sich Paulus und trat wütend gegen das Gitter, das daraufhin laut rasselte. Der Mann blickte ihn an, schluckte schwer, schwieg aber. „Ich bin mir sicher, ich werde Sie schon bald in die Freiheit entlassen, sobald wir ein paar Kleinigkeiten geklärt haben", fuhr Paulus mit ruhiger, beinahe freundlicher Stimme fort, während er die Fingerknochen knacken ließ und die Hand vor den Augen des Glatzkopfes zur Faust verkrampfte, eine eindeutige Drohung. Paulus sendete in allem, was er von sich gab, zwei Botschaften, die völlig unvereinbar miteinander waren. Es war, als würde er ihm die eine Hand versöhnlich entgegenstrecken, während die andere Hand zur Faust geballt zum Schlag ausholte. Die geplante „Doppelbindung": eine schizophrene Kommunikation. Eine Kommunikation, die nur ein Ziel hatte: Zermürbung und Verunsicherung. Der Glatzkopf sollte nicht in die Lage kommen, eine geeignete Abwehrstrategie zu entwickeln.

„Selbstverständlich will und werde ich Sie nicht noch einmal mit so einer Kapuze belästigen!", versprach Paulus und trat mit dem schwarzen Sack so nah auf den Glatzkopf zu, dass er in den Beutel hineinsehen konnte. Der Mann rückte, so weit es die Fesseln zuließen, weg. Paulus blieb einen Moment lang so stehen, sagte nichts. Der Mann schwieg, schwitzte, starrte entsetzt. Alles wie Paulus es vorhergesehen hatte. Gut. Dann würde er wahrscheinlich auch mit dem weiteren Vorgehen Recht behalten. Paulus ging ein Stück zurück, griff in seine Tasche und zog einen Apfel heraus. Er blickte den Glatzkopf an, spürte, dass der Hunger und Durst hatte. Paulus schob den Apfel durch die Gitterstäbe. „Ich würde mich wirklich freuen, wenn Sie meinen Fragen zur Verfügung stünden, und ich sie bald entlassen dürfte. Ich schlage vor, Sie denken darüber nach." Paulus zog die Hand zurück. Der Glatzkopf verfolgte jede seiner Bewegungen mit Blicken wie eine Katze, die hofft, gefüttert zu werden. Sein Blick zuckte zurück zu dem grünen saftigen Apfel. Essen konnte er ihn nicht, er war gefesselt. Paulus zuckte wie machtlos die Schultern. „Ich komme in einer Stunde wieder", erklärte er, „dann binde ich Sie los, Sie können den Apfel essen, bekommen etwas zu trinken, später auch eine Mahlzeit. Vorher unterhalten wir uns, okay?"

Kapitel 9

Es ist widerlich, dachte Norman Paulus, als ihm der Duft von gebratenem Speck in die Nase stieg. Er bereitete beinahe liebevoll ein Abendessen für den Mörder seiner Frau zu! Eier mit Speck, dazu zwei Scheiben Toast. Paulus schüttelte fassungslos über sein eigenes Tun den Kopf. Aber das Essen war wichtig, sehr wichtig für seinen Plan, dass wusste er, und das motivierte ihn neu.

„Ahriman", so hatte er den Kerl getauft, den er in seinem Verlies, seinem „Orkus" gefangen hielt. „Ahriman", ja das passt, dachte Paulus und erinnerte sich an die mythische Figur, der er diesen Namen entliehen hatte: Ahriman war der Name der persischen Verkörperung des Bösen. Er ist ein Dämon und Erreger unzähliger Krankheiten, er haust in einer Unterwelt, aus der er neben Finsternis Unheil und Verderben mit heraufbringt... Ja, dieser Name passte, vereinte alle Verachtung, allen Hass, den Paulus in sich spürte.

Doch gleich müsste er in dessen Psyche eindringen und aus ihm das Rezept herauslocken, um zu so einem Ahriman zu werden, zumindest theoretisch, dachte Paulus, während er den brutzelnden Speck wendete. „Raubtier-fütterung", sagte er sich und nahm die Pfanne vom Herd. Es ging los.

Die feuchte Kühle des Orkus ließ Paulus nach der Hitze am Herd eine Gänsehaut über den Rücken kriechen. Doch vielleicht war dieses Gefühl auch nur eine letzte Warnung seiner eigenen Seele, die zu verhindern versuchte, dass sein Bewusstsein Ahriman verstehen und dessen Psyche zumindest teilweise in ihr selbst nachbauen wollte.

Paulus schluckte Wut und Abscheu herunter, als er den Glatzkopf sah. Er stellte das Tablett auf seinem eigenen Schemel ab, nahm eine ge-rade, offene Haltung ein und sagte: „Guten Abend! Ich hoffe, Sie haben sich von den Unan-nehmlichkeiten erholt!" Zwei blaue Augen un-ter einer von Schweiß glänzenden Stirn dreh-ten sich ihm zu, verrieten, dass Ahriman sich verhöhnt fühlte. Das wollte Paulus nicht, das war nicht zielführend. Er schloss die Hand-schellen auf, der Glatzkopf ruckte nach vorn, setzte sich in die hinterste Ecke seiner kleinen Zelle und rieb sich die schmerzenden Handge-lenke. Paulus lächelte verständnisvoll und schob ihm den Teller unter den Gitterstäben hindurch. Dann setzte er sich auf seinen Hocker. Ahriman rührte sich nicht, blickte bohrend zu ihm auf. Paulus zuckte die Schultern. „Lassen Sie es doch bitte nicht kalt werden!", rief er mit erstaunlich freundlich klingender Stimme. Ahriman rührte sich nicht. Doch dann siegten seine Instinkte, seine Hand schnellte nach vorn und schnappte sich den Teller wie ein Schimpanse, der einem Wärter das Futter entreißt. Er begann zu essen, getrieben von der Gier eines Hungrigen. Paulus wusste, dass es nun schwer werden würde. Er müsste Ahriman jetzt dazu bringen, gedanklich in die Vergangenheit zu gehen, zur Mordnacht zurückzukehren und sich diese lebhaft vorzustellen, während er ihm auf seine Fragen antwortete. Wenn Ahriman sich nicht darauf einließ, hatte das alles keinen Zweck, ein bloß oberflächliches „ins Gedächtnis Rufen" reichte nicht!

„Was genau tun Sie, wenn Sie töten?", fragte Paulus mit der gleichen ruhigen Stimme, wie wenn er einen Chef einer Werbeagentur beim Coaching nach dessen Arbeitsstrategien befragte. Ahriman hörte auf zu kauen. Er überlegte wohl, was das nun sollte. Dann wehrte er sich: „Ich schlachte Untermenschen wie Ihre Frau Hanna einfach ab!", zischte er. Paulus schluckte einen Kloß aus Wut und Trauer herunter. Doch mit so etwas hatte er gerechnet und war darauf vorbereitet. Außerdem hatte er gerade erfahren, dass Ahriman erstens wusste, wer er war und zweitens, dass er Hannas Namen kannte, also genau wusste, wen er getötet hatte. Paulus stand langsam auf und griff nach einer Mineralwasserflasche. Dann schenkte er einen Pappbecher voll ein, stellte ihn zwischen den Gitterstäben hindurch auf den Betonboden und trat einen Schritt zurück. Milde statt Härte. Er wollte guten Willen zeigen, um Ahrimans Vertrauen so zu ködern. Paulus hatte den Speck gut gesalzen, die Bestie würde Durst haben, außerdem hatte sie seit über einen halben Tag nichts getrunken. Ahriman kroch nach vorn und trank den Becher in einem Zug aus. „Möchten Sie mehr?", fragte Paulus ruhig. Ahriman antwortete, indem er den Becher zwischen den Gitterstäben aus seiner Zelle schob. Paulus schenkte nach. „Sie töten meine Frau Hanna mit einem Teleskopschlagstock. Wie gehen Sie in diesem Moment vor?", versuchte es Paulus erneut. Er sprach bewusst in der Ge-

genwartsform, um so aus Ahrimans Antwort Anteile von dessen Erinnerungsstrategie herauszufiltern, mit der „Ahriman" darüber nachdachte, wie er gehandelt hatte. „Was genau tun Sie, wenn Sie töten?", fragte er erneut mit derselben ruhigen Stimme, die überhaupt nicht zu der in seiner Seele tobenden Wut passen wollte. Ahrimans Blick veränderte sich, das böse Funkeln der gefangenen Ratte erlosch, sein Blick ging durch die Betonwand hindurch, blickte zurück in die Vergangenheit, in die Dunkelheit der Nacht, in der er Hanna Paulus getötet hatte. Es begann. Das bemerkte Paulus' geschulte Wahrnehmung. Die Augen des Glatzkopfes waren nach unten gerichtet, ein Indiz dafür, dass sein Verstand in der Vergangenheit wühlte. Gut so.

„Ich berücksichtige die Umwelt. Ich sehe zu, dass mich nichts und niemand davon abhalten kann. Ich weiß, dass eine zweite Chance zu töten immer schwerer ist als die erste. Es muss also funktionieren!" Paulus beobachtete die Körpersprache des Glatzkopfs. Er ballte beim Reden die Hände zu Fäusten, verkrampfte sie regelrecht. Dann wieder formte er die Hände zu Klauen, führte die Finger angespannt zusammen, als wolle er jemanden würgen. Sein ganzer Körper bebte, wenn er das Wort „töten" aussprach; jeder Muskel seines wuchtigen Körpers schien dabei angespannt zu sein. Paulus ließ ihn weiterreden, von dessen Vorsicht, die keinen Gegensatz zu dessen Selbstsicherheit bedeutete, von dessen Leitsatz: „Du kannst, du willst, und du musst es tun, hier und jetzt!" Ahriman redete wie im Rausch. Stolz sprach aus seiner Stimme und den Feldherrngesten, mit denen er das Gesagte unterstrich. Paulus war sich sicher, dass er bei tausend Mördern tausend verschiedene Antworten auf dieselbe Frage erhalten hätte. Doch das war egal. Er wollte Paolo Cambiare verstehen und modellieren, das war alles.

Zweiter Schritt, dachte Paulus: „Wenn Sie töten, was ist dann in diesem Moment wichtig für Sie?" Ahrimans Antwort kam wie aus der Pistole geschossen: „Der Auftrag, die Mission, das Ziel!" Dieser Dreiklang klingt auswendig gelernt, dachte Paulus, während er Ahriman weiter zuhörte, der mit geballter Faust und wuchtiger Stimme darüber sprach, dass es Werte gebe, die es zu verteidigen gelte, er sich seiner eigenen Bedeutung bewusst sein müsse, der eigenen Stellung in der Welt...

Verworrenes Zeug, dachte Paulus, doch er war sich sicher, dass er sich in diesem grotesken Gedankengebäude nicht verlaufen würde.

Als Paolo Cambiare sich nur noch in selbstherrlichen Lobpreisungen erging, beendete Paulus das Gespräch. „Ich hoffe, Ihnen hat das Essen geschmeckt!" Ahriman wirkte etwas verdutzt. Paulus zog einen Apfel aus der Tasche und warf ihn Ahriman zu. „Ich schlage vor, Sie erholen sich jetzt. Morgen würde ich mich gerne weiter mit Ihnen unterhalten. Sie wollen hier raus, und ich will Ihnen da nicht im Wege stehen!", sagte Paulus und verabschiedete sich höflich. Ahriman wusste nicht, wie ihm geschah, er biss in den Apfel. Gut, dachte Paulus. Er wollte den Glatzkopf konditionieren wie einen Pawlowschen Hund. Reden ist gleich essen. Ganz einfach. Er würde die Befragungen immer beim Essen vornehmen. Zweimal am Tag. Es geht also weiter, wenn Ahriman wieder richtig Hunger hat, dachte Paulus und schloss die Tür des Verlieses hinter sich.

Kapitel 10

Immer wieder sah Paulus Ahrimans Gesicht vor seinem geistigen Auge, dachte über das nach, was er erfahren hatte...

Er konnte sich kaum auf das Coaching konzentrieren, das er am nächsten Morgen an seinem „Norman L. Paulus Institut" anleitete. Er stellte ähnliche Fragen wie bei „Ahriman", wählte dieselbe Stimmlage wie bei dem Modellierprozess des Mörders, nur dass er jetzt im rechten Winkel zu einem Düsseldorfer Banker saß, der von Paulus neue Strategien für erfolgreichere Verhandlungen erlernen wollte. Paulus war froh, ein Stück Normalität wieder zu finden. Hier in seinem eigenen Institut mit seinen hellen Seminarräumen, mit den auf Teilnehmer wartenden Stuhlkreisen und dem mit einem Willkommensgruß beschriebenen Flipchart konnte er zumindest ab und an Ahriman gedanklich in den Orkus verbannen, weit weg von hier im einsamen Waldhaus.

Paulus beendete die Coachingsitzung für diesen Tag. Der Banker bedankte sich und ging zu der kleinen Getränkebar, um sich ein Glas Wasser einzuschenken, es war erneut ein unangenehm heißer Tag. Paulus schritt durch den lichtdurchfluteten Foyerbereich seines Instituts, blickte aus den Fenstern hinunter auf den belebten Bertha-von-Suttner-Platz. An der Wand, direkt im Eingangsbereich, begrüßten ihn zwei Plakate: „Es gibt nichts, was ein Mensch je getan hat, was Sie nicht auch lernen können!" prangte auf dem einen und auf dem anderen: „Lernen heißt leben!". Die Poster hatte Hanna gestaltet. Paulus schluckte, als er daran dachte. Doch waren diese Gedanken von Hanna, die auf diesen Postern verewigt waren, nicht nur weitere Beweise dafür, dass er das Richtige tat?

Paulus betrat sein Büro. Ein Stapel Post wartete auf seinem breiten Schreibtisch: Kondolenzschreiben, Kondolenzschreiben, Kondolenzschreiben… Er wollte sie jetzt nicht lesen, war froh, zumindest etwas abgelenkt zu sein. Ein großer Umschlag zog seine Aufmerksamkeit auf sich. Er war schwarz, kein Absender zu finden. Paulus öffnete ihn. Teures Papier, eine halbe Seite Text.

„Sehr geehrter Herr Paulus!" Dann klappte ihm die Kinnlade herunter.

„Sie besitzen doch einen Hund mit dem Namen Andor! Ein Geschenk Ihrer Frau Hanna, deren Tötung uns nicht leicht gefallen ist, aber leider unausweichlich war!" Paulus wurde kalt, trotz der Sommerhitze. Er las atemlos weiter: „Haben Sie sich nie Gedanken darüber gemacht, dass nach unzähligen Generationen von Züchtungen noch immer die Gene eines Wolfes in Ihrem Hund lebendig sind? Dass jede Züchtung eines Hundes, egal ob ein edles Tier oder eine minderwertige Kreatur, immer noch Anteile eines evolutionär erfolgreichen Rudeljägers hat?

Es ist wie mit den Menschen: Einige haben mehr Anteile von erfolgreichen Vorfahren in sich, andere weniger. Wir bedauern es, Ihnen mitteilen zu müssen, dass Sie zu letzter Kategorie zählen. Daher sehen wir für Sie keine Zukunft! Jedoch wäre es uns ausgesprochen unangenehm, Ihnen ihre verbleibende Lebenszeit unnötig früh zu nehmen. Sie wissen, dass Sie einen „Wolf" aus unserem Rudel gefangen halten. Wir wollen ihn wieder. Lassen Sie ihn gehen, er wird wissen, was zu tun ist. Wir verhandeln nicht mit Wesen wie Ihnen."

Paulus schüttelte den Kopf. Der Brief endete mit der dreisten Zeile: „Wir verbleiben mit freundlichen Grüßen und vertrauen auf ihre Entscheidungskraft!"

In gewisser Weise erinnerte Paulus die Kollage aus unverblümten Drohungen und vorgetäuschter Höflichkeit an sein erstes Gespräch mit Ahriman. Das gestern war der erste Schritt gewesen, mehr nicht. Er spürte, dass dieser Brief ebenfalls nur ein Auftakt war. Kurz entschlossen zerknüddelte er das Papier und warf es in den Mülleimer. „Jetzt erst recht!", knurrte er. „Jetzt erst recht! Ich habe keine Angst vor Euch Bestien!" Doch er wusste, dass das nicht stimmte.

Kapitel 11

Paulus betrat den Orkus mit einem noch mulmigeren Gefühl im Magen als am Tag zuvor. Im Keller des Hauses herrschte die bedrückende Atmosphäre einer Gruft. Paulus hoffte, dass Ahriman nicht bemerkte, wie er zitterte, sonst würde der schnell versuchen, das Machtgefälle zu kippen, sich zu behaupten und dann würde alles von vorne losgehen. Paulus schob schnell das Baguette, das er bei einer Fastfood Kette in Düsseldorf gekauft hatte, unter den Gitterstäben hindurch, dann setzte er sich auf seinen Schemel und legte einen Notizblock auf die Knie. Ahriman rührte sich nicht. Er saß auf seiner Matte, bewegungslos wie eine Gottesanbeterin und taxierte Paulus. Sein Gesicht war versteinert, seine Gesichtszüge hart wie gemeißelt, glichen einer Statue von Arno Breker. „*Was soll das?*", fragte Paolo Cambiare in die Stille. „Wie lange soll das noch weitergehen? Früher oder später knallen Sie mich ja doch ab! Also los! Bringen wir es hinter uns!" Paulus schüttelte langsam den Kopf. „Ich habe nicht vor, Sie zu töten. Ich will mich mit Ihnen unterhalten. Und Sie verstehen. Nicht mehr und nicht weniger", erklärte er mit Engelsgeduld, und was er sagte, war nicht einmal gelogen. Er hatte vor, Paolo nach dem Modellierprozess die Handschellen anzulegen, ihm den Sack über den Kopf zu ziehen und dann ins Auto zu packen, um ihn nachts am anderen Ende des Waldes auszusetzen. Ohne Sack versteht sich. Von dort aus würde er nach einem längeren Fußmarsch die Peripherie Düsseldorfs erreichen. Was dann folgte, interessierte Paulus nicht. Das Waldhaus, in dem Sie nun saßen, würde Paulus nie wieder betreten. Er hoffte, dass das schnell der Fall sein würde, und so die Hintermänner von Paolo Cambiare das als Einlenken in ihre Forderungen verstehen würden.

Ahriman schüttelte den Kopf mit der Arroganz eines Schuldirektors, der einen Störenfried ermahnt. „Sie wollen mich verstehen!", höhnte er „Was für ein grotesker Wunsch!" Paulus witterte eine neue Chance, ihn zum Reden zu bringen: „Ich bin mir nach unserem letzten Gespräch sehr sicher, dass das nicht so schwer ist, wie Sie annehmen! Eigentlich sind Leute wie Sie sogar sehr leicht zu durchschauen!" Paolo biss in das Baguette und begann mit vollem Mund zu reden: „Nein! Sie irren sich! Sie irren sich gewaltig! Sie sind ein Mensch zweiter Klasse! Ich nicht! Sie sind wie Ihre Frau: minderwertig, intellektuell nicht annähernd perfekt, gesundheitlich instabil. Sicher gibt es in Ihren Stammbäumen unzählige Erbkrankheiten und Behinderungen!" Behinderungen! Irgendwie schien dieses Motiv sich wie ein Roter Faden durch das verquerte Weltbild von Paolo Cambiare zu ziehen, dachte Paulus, als er sich an die verhängnisvollen Rechercheergebnisse von Hanna erinnerte. Und auch die Aspekte der Abstammung und des Überlegenseins fanden sich in Paolos Worten ebenso wieder, wie in dem mysteriösen Drohbrief vom Nachmittag.

„Sie haben das Gesetz der Gesetze nicht erkannt, und allein das ist ein weiterer Beweis für ihre erbliche, wie intellektuelle Minderwertigkeit!", nuschelte Paolo kauend. „Das Gleiche gilt für Ihre Frau Hanna! Schlimmer noch, sie hat das Gesetz aller Gesetzte negiert! Es war leicht, sie zu töten, kein wirkliches Vergnügen, aber es war notwendig! Man hatte mir gesagt, sie sei minderwertig. Ich habe mich im Gespräch mit ihr vergewissert. Es war so. Es sollte so sein." Paulus hörte zu, beobachtete Cambiares Gesten, weit ausholende Armbewegungen, die Platz brauchten, die Dominanz ausdrückten. Ahrimans ureigene Eitelkeit hatte ihn verführt und zum Selbstverrat gebracht. Seine Geltungssucht ließ ihn sich beinahe in einen Rausch reden. – Und dabei verriet er eigentlich alles, was Paulus sonst mühsam hätte erfragen müssen. Er wollte wissen: Was sind für ihn die Voraussetzungen zum Töten?

Ahriman lieferte ihm in seinem selbstherrlichen Wortschwall alle Antworten: Das Bewusstsein, dass das Töten gerechtfertigt ist. Der Befehl von oben, bei dem Paulus unvermittelt den Drohbrief vom Nachmittag vor seinem inneren Auge sah und an die nebulösen Hintermänner denken musste. Außerdem war für Paolo die Gewissheit wichtig, seinem Opfer überlegen zu sein. – Erblich wie intellektuell. Diese Erkenntnis schien von eminenter Bedeutung, verriet Cambiare doch, dass „man" es ihm gesagt, er es aber auch selbst bestätigt gesehen habe. Paolo stopfte die letzten Bissen Baguette in sich hinein, saß, umgeben von Krümeln, aufrecht auf seiner Matte, die linke Hand ruhte locker auf seinem Knie. Paulus ahmte seine Sitzhaltung nach. Er spiegelte ihn, eine Technik des NLP, mit der er den Sympathieaufbau zum Gegenüber unterstützen konnte, ohne dass der die kleine Manipulation bewusst wahrnahm. Menschen, die sich mögen, nehmen meist ohnehin dieselbe Sitzhaltung ein, wenn sie sprechen, wusste Paulus. Als Paolo die Hände wie ein Gorillabulle auf den Knien aufstützte und den Rücken leicht krümmte, während er ohne Punkt und Komma weiterredete, tat Paulus es ihm zeitverzögert nach.

„Die erbliche Überlegenheit und intellektuelle Überlegenheit. Die Bestätigung von oben. Warum ist Ihnen das alles wichtig?", fragte Paulus und benutzte dabei dieselben Ausdrücke wie Paolo, um auch mit dieser Technik verdeckt weitere Sympathien bei dem Mörder zu sammeln. Paolo seufzte, als solle er einem Kind die Relativitätstheorie in allen Einzelheiten erklären. „Ich sagte doch, Sie verstehen das nicht. Sie gehören nicht zu den Besten, weder erblich noch intellektuell, noch was Ihren Gesundheitszustand anbelangt. Wenn Sie nicht zu diesem illusteren Kreis gehören, dann können Sie das nicht verstehen. Einen Befehl *von den Besten* und eine Entscheidung *für das Beste* können Sie nur dann verstehen und ausführen, wenn Sie zur Elite gehören. Sie verstehen das ganze Weltbild nicht. Das ist doch das Problem mit Wesen wie Ihnen: Sie verstehen nichts!" Doch Paulus verstand mehr als Ahriman ihm hatte sagen wollen.

Kapitel 12

Als Norman Lukas Paulus die Kellertreppe hinaufstieg, kam ihm eine Idee. Ja! Das wäre

Teil eines totalen Modellierens. Kein Coach würde normalerweise so weit gehen, aber das hier war schließlich auch alles andere als eine normale Situation!

Paulus beschleunigte den Schritt und eilte in die verschmutzte Küche. Er öffnete eine Schublade. Leer. Er riss eine weitere auf. Vertrockneter Mäusekot. Paulus schüttelte voller Ratlosigkeit den Kopf. Dann fiel ihm etwas ein. Er eilte in das Wohnzimmer, wo auf einem zerknautschten Sofa im 50er-Jahre-Stil sein schwarzer Aktenkoffer lag. Der neue, saubere Lederkoffer bildete einen krassen Kontrast zu dem Verfall des alten Hauses. Paulus klappte ihn auf, wühlte in den Fächern und zog eine Schere hervor. Sehr gut! Dann lief er ins Treppenhaus und eilte die knarzenden Stufen hinauf. Er erreichte das Badezimmer, wo – um dem Schmutz zu entgehen, auf einer Zeitung gelagert – sein Kulturbeutel lag. Paulus öffnete ihn, riss eine Packung Taschentücher heraus und wischte über den blinden Spiegel. Ein erschöpftes Gesicht blickte ihm dort entgegen. Ein Mann, der am Ende war, am Abgrund stand. Aber auch ein Mann, der bereit war, sich noch einmal von diesem alles verschlingenden Abgrund abzuwenden und bereit war, die steilen Abhänge seiner ganz persönlichen Hölle hinaufzuklettern, egal was ihm dieses Unterfangen abverlangte.

Soll ich?

Soll ich nicht?

Ist es wirklich nötig?

Paulus kaute auf seiner Unterlippe, betrachtete sein ratlos dreinblickendes Spiegelbild. Dann entschied er sich. Er hob die Schere, griff nach einer Haarsträhne und schnitt sie ab. Einen Moment zögerte er, betrachtete die abgeschnittene Strähne im schmutzigen Waschbecken. Nein. Es gab kein Zurück. Mach es und mach es richtig bis in die letzte Konsequenz, befahl er sich.

Immer mehr Haarsträhnen fielen in das Waschbecken. Als Paulus gerupft, bis auf einen unregelmäßigen Flaum auf dem Schädel, da stand, griff er nach der Rasierklinge und begann sich vorsichtig die Kopfhaut komplett zu rasieren. Alles weg. Was blieb, waren Stoppeln, die seiner Kopfhaut eine leichte Graufärbung verliehen.

Als er fertig war, atmete er so tief durch wie jemand, der ein hartes Stück Arbeit hinter sich gebracht hat. Er war nun auch ein Glatzkopf wie Paolo Cambiare.

Kapitel 13

Es ist alles schlimmer, viel schlimmer als ich es mir je in meiner dunkelsten Stunde hätte vorstellen können, dachte Norman Paulus. Er saß im schwarzen T-Shirt und schwarzer Jeans in einem alten Rattansessel vor der Haustür seines Waldhauses. Die Nacht dämmerte über dem Eller Forst herauf, doch die Temperaturen lagen immer noch bei weit über zwanzig Grad. Dennoch fühlte sich Paulus' Kopfhaupt ungewohnt kalt an.

Paulus schüttelte den kahlen Schädel, konnte es nicht fassen. Erkenntnisse und Vermutungen spukten durch seinen Kopf. Eine brodelnde Brühe aus Gedanken, die überzukochen drohte. Er würde nicht mehr glücklich werden. Zumindest nicht so lange dieser Paolo Cambiare noch lebte. Doch Glück hin oder her, das schien unwichtig und selbst im Angesicht seines Verlustschmerzes einfach nur lächerlich. Er stand unter Lebensgefahr. Die Bande, die seine Frau getötet hatte, sah es nun auf ihn ab. Sie hatten ihm letztlich den Krieg erklärt. Was konnte er tun? Was musste er tun? Sein Leben stand auf dem Spiel! Er konnte sich gegen sie nicht bis in letzter Konsequenz wehren, wäre selbst im Angesicht des Todes nicht in der Lage, „in Notwehr zu töten", das hatte die Ermordung Hannas auf die wohl schlimmstmögliche Art und Weise bewiesen.

Was tun?

Paulus lehnte den Kopf zurück, blickte zum dunkler werdenden Himmel, an dem die ersten Sterne erschienen. Früher als Kind hatte er oft so hier gesessen. Seinem Vater gehörte damals eine Holzfirma, und dessen Naturverbundenheit schien keine Grenzen gekannt zu haben, daher auch das Haus im Wald. Eines Sommerabends hatte Norman mit seinem Vater hier gesessen, doch plötzlich hatte Norman Angst bekommen: „Was machen wir eigentlich, wenn uns Wölfe fressen wollen?" Sein Vater hatte die Frage ernst genommen. „Wir würden die Wölfe töten!" „Aber man darf doch nicht töten!" „Doch", hatte sein Vater erwidert. „Man darf. Dann, wenn man Hunger hat, darf man ein Tier töten. Und wenn das Tier einen von uns fressen will, dann darf man sich wehren und es auch töten!" „Warum darf man Tiere essen?" „Weil wir eine höher entwickelte Art sind." „Und darf man Menschen töten?" „Nur, wenn die uns töten wollen. Dann ist es Notwehr, dann darf man das auch." „Ich glaube, ich könnte nicht einmal einen Wolf töten!", hatte Norman gesagt. Sein Vater hatte lange geschwiegen. Dann hatte er geantwortet: „Doch, Norman, bevor Dich die Wölfe fressen, könntest du das. Glaub mir: Töten kannst auch Du lernen!"

Paulus dachte an diese Episode seiner Kindheit, an dieses Gespräch, an das sich sein Vater bereits nach einer Woche nicht mehr hatte erinnern können, dass Norman jedoch bis heute im Gedächtnis eingebrannt war. Ein Rudel Wölfe war im Begriff, ihn zu überfallen. Ein Rudel Wölfe, das seine Frau getötet hatte und nun ihn töten wollte.

Ich muss das Töten lernen. Ich muss!, dachte Paulus. Ich muss lernen, wie ich mich bis aufs Blut verteidigen kann! Das Überwinden der Tötungshemmung, - ich kann es lernen. Der Weg vom Verstehen des Mörders und dessen Denkweise – wie er es in Hannas Sinne ursprünglich angestrebt hatte – und dem Umsetzten dieses Wissens, war nur kurz.

Ja, das war nicht schön, aber es war notwendig: Er musste den Mörder Paolo Cambiare *vollständig* modellieren. Er musste vom Mörder seiner Frau lernen, wie er Tötungshemmungen überwand, um selbst töten zu können. Und dann – als unmissverständliche Abschreckung für die nebulösen Hintermänner – das erste Wesen töten, das ihn sonst ohne zu zögern vernichten würde: Er würde von Paolo Cambiare das Töten lernen, um Paolo Cambiare umzubringen.

Kapitel 14

Es ist eine makabere Ironie, dachte Paulus, während er die Stufen zum Orkus hinunterging. Die Methode, nach der er Paolo Cambiare modellierte, nach der er von ihm das Überwinden der Tötungshemmung erlernen wollte, nannte sich „TOTE-Modell". Das war keine schwarzhumorige Wortneuschöpfung von Paulus, sondern der Name dieser Technik, wie er in unzähligen Fachbüchern über das Neurolinguistische Programmieren verwendet wurde. Es stand für „Test – Operation –Test – Exit". Heute würde er weitere Schritte gehen, Fortschritte machen.

„Ich hoffe, Sie mögen Pizza!", begrüßte Paulus Paolo. Der stand hinter dem Gitter, die Hände umkrallten die Stäbe. Cambiare starrte Paulus wütend an. Es wird schwer, ihn zum Reden zu bringen, bemerkte Paulus sofort.

„Was glauben Sie eigentlich, wer Sie sind?", herrschte Paolo ihn an, als habe er vergessen, wer warum auf welcher Seite der Gitterstäbe stand. „Was glauben Sie eigentlich, sollte mich dazu bewegen, mit einem Geschöpf wie Ihnen überhaupt zu kommunizieren?", brüllte Paolo. Er musterte mit spöttischem Blick Paulus' rasierte Glatze. „Und was soll *der* Blödsinn?", bellte Cambiare wütend weiter. Paulus schenkte ihm ein falsches Lächeln und hielt ihm den flachen Pizzakarton hin, sodass der hungrige Paolo den Duft der Pizza unweigerlich einatmen musste. Antworte auf seine erste Frage, ignorier die zweite! Aber beginne nicht mit „weil", das würde Dich in eine Rechtfertigungssituation bringen, und die kannst Du Dir hier nicht leisten. So würde Deine Autorität nur weiter untergraben werden, überlegte Paulus, bevor er antwortete: „Sie haben mir alles genommen, was mir wichtig war. Sie sind mein Gefangener. Ich behandele Sie gut, gebe Ihnen zu essen, lasse Ihnen Ruhezeiten. Alles was ich will, ist das Gespräch. Das wäre doch nur fair, wenn Sie mir antworten nach all dem, was passiert ist. Immerhin halte ich mich an die Menschenrechte, andere in meiner Situation würden Ihnen die sicher absprechen." Ohne es zu wissen, hatte Paulus genau das richtige Stichwort geliefert, um Paolo über das zum Reden zu bringen, was Paulus sonst hätte mühsam erfragen müssen. Doch er ließ sich nichts anmerken, als Paolo seine Satzsalven in seiner bekannten Selbstherrlichkeit abzufeuern begann. Wenn er merkt, dass er Fragen beantwortet, bevor sie gestellt sind, hört er sicher sofort auf, dachte Paulus und hörte zu. „*Menschenrechte*! Was für eine Dummheit! Das ist das Problem mit den intellektuell Retardierten! Ihr faselt von Menschenrechten, die uns selbst Fesseln anlegen sollen! Dumm, unausgegoren, falsch ist das alles! Einfach falsch!" Paolo biss in die Pizza, Paulus setzte sich auf seinen Schemel, während Paolo in seinem Käfig stehend weiterwetterte: „Es ist wie mit dem christlichen Weltbild, das Juden, Behinderten und Geisteskranken Schutz geben will! Es gibt keinen Grund dazu! Und das haben *Sie* nicht verstanden! Deshalb wollen Sie wissen, wie ich es schaffe zu töten! Wenn Sie wüssten, wie falsch Ihre wertlosen Wertevorstellungen sind, wüssten Sie, wie man tötet!" Er biss erneut in seine Pizza, schlang sie herunter. „Sehen Sie *sich* und *mich* an! Es gibt Unterschiede zwischen Menschen! Sklaven und Herren, Untertanen und Führer! Höherwertige und Minderwertige eben. Deshalb verachten wir die Menschenrechte: Es ist falsch, ein Recht auf Rechte zu haben! Es ist gefährlich für die Gesellschaft, es ist tödliches Gift für Sie! Es verhindert die Auslese!" Paulus biss die Zähne zusammen. Er sprach von „*wir*". Wer waren die? Was er sagte, klang nach rechtem Gedankengut. War der Kerl ein gebildeter Rassenfanatiker? Er sprach so. Auch sein kahlgeschorener Schädel ließ in Paulus Assoziationen aufblitzen. Doch irgendwie glaubte Paulus das nicht. Er befürchtete, dass er es mit etwas Schlimmerem als einer Nazibande zu tun hatte...

Paulus hätte Paolo eigentlich fragen wollen, was seine Motivation zu töten ist, warum das Töten für ihn wichtig ist. Doch Paolo donnerte ihm ungefragt, wie ein Propagandaminister, seine Motivation entgegen: „Ich weiß, dass Töten etwas Natürliches ist, etwas das notwendig ist! Sonst ist das, wofür ich meine Kraft, meine Zeit, mein Leben gegeben habe, in Gefahr! Sonst wird diese Vision keine Wirklichkeit, sondern Utopie bleiben!" Paolo aß weiter von seiner Pizza, schlang sie herunter wie ein Löwe. Paulus nutze die Stille, um eine Frage in den Ring zu werfen: „Sie müssen die Vision wahr werden lassen. Töten ist etwas Natürliches", leitete er die Frage ein und benutzte wieder einmal dieselben Worte wie Paolo, um die gerade so brüchige Beziehung zu stärken. „Was glauben Sie, warum können Sie gut töten?", Paulus wollte so seine „unterstützenden Glaubenssätze" aufspüren, wollte wissen, was ihn noch zum Mörder werden ließ. „Ich hab es gelernt!", antwortete Paolo mit vollem Mund. „Aber wie, das werden Sie unfähiger Halbmensch doch nie begreifen!", brüllte er, so dass ihm Krümel aus dem Mund flogen. Paulus hatte die Pizza gekauft, doch bevor er sie zu Paolo in den Orkus gebracht hatte, hatte er wohlüberlegt eine Menge Chilipfeffer darauf gestreut. „Wollen Sie ein Glas Milch?" fragte Paulus in die Stille nach Paolos Brüllen. „Ich fürchte, die Pizza ist versehentlich etwas scharf geworden. Milch hilft, das Brennen im Mund zu löschen." Paolo sah ihn an, schwieg. Er konnte wohl nicht verstehen, wieso ein Mensch so unmenschlich viel Geduld mit dem Mörder seiner Frau aufbringen konnte. Paulus stand auf und goss Milch in einen Pappbecher. Als er an die Gitterstäbe trat und den Becher Paolo entgegenstreckte, trafen sich ihre Blicke. Paulus spürte, dass sich etwas Grundlegendes in diesem Moment veränderte: Paolos aggressive Arroganz veränderte sich, wurde zu einer Form des überheblichen Mitleids für Paulus, diesem in seinen Augen armseligen, minderwertigen Geschöpf. Das war eine gute Voraussetzung für weiteres Zutrauen und weitere Gespräche wie Paulus sie brauchte, um die Anleitung zum Überwinden der Tötungshemmungen zu erhalten. Paulus bemerkte fast nicht, dass diese erste Annäherung auf Seiten Paolos ausgerechnet in der Zeit stattfand, in der er, Paulus, beschlossen hatte, das erlernte Wissen zu nutzen, um *ihn*, Paolo Cambiare, umzubringen. Paolo blickte ihm fest in die Augen: „Wenn Sie das wissen würden, was ich weiß. Wenn Sie dieses Wissen auf Ihr eigenes Leben anwenden könnten. Wenn Sie wüssten, dass von diesem Töten so unendlich viel abhängt, dann könnten selbst Sie es. Töten ist nicht schwer. Das erste Lebewesen, das ich tötete, war mein eigener Hund. Wirklich: Töten ist nicht schwer. Es zu lernen, auch nicht."

Kapitel 15

Norman Lukas Paulus schreckte aus seinem von Albträumen geplagten Schlaf auf. Hatte er da etwas gehört? – Stille im alten Waldhaus. Paulus hasste es, hier zu schlafen. Er hasste es, zu wissen, dass der Mörder Paolo Cambiare dort unten in seinem Orkus vor sich hin schlummerte. Es machte ihm Angst: Paulus hatte das Gefühl, als wohne ein Löwe in seinem Keller, so unsicher fühlte er sich in dem Haus, das in versunkenen Tagen einmal sein Zuhause gewesen war. Er stand auf und trat vor seinen eingeschalteten Laptop, dessen Lüftung leise vor sich hinsummte. 1.14 Uhr zeigte die Uhr am unteren Rand des Bildschirms. Paulus öffnete mit wenigen Mausklicks ein Programm: Durch eine im Keller installierte Kamera konnte er jetzt Paolo in seinem Gefängnis live beobachten... Cambiare lag bewegungslos auf seiner Matte und schlief. Alles in Ordnung. Paulus schüttelte den Kopf und legte sich wieder auf das Sofa, dessen

Federn vernehmlich quietschten. Er schloss die Augen. Der Schlaf holte ihn ein. Ruhen. Einfach ruhen.

Ein lauter Knall weckte ihn auf. Was war los? – Er setze sich auf. Das war kein Traum gewesen. Sein Körper begann zu zittern. Er sah sich um. Nichts und niemand. Dann bemerkte er den breiten Fleck am Fenster: An der Scheibe zerfloss ein unförmiger Klecks. Das Mondlicht der Nacht fiel durch die Scheibe und ließ den Fleck wie rotes Pergamentpapier leuchten. Was zum Teufel war hier los? Paulus lief geduckt wie ein Frontsoldat auf die Scheibe zu, spähte hinaus: Der Weg, der Wald... Da draußen stand Paolo! Paulus konnte es nicht fassen. Dann erst bemerkte er, dass es nicht Paolo war! Schlimmer: Da stand ein anderer Glatzkopf auf dem Weg! Paulus musste nicht unter Verfolgungswahn leiden, um davon auszugehen, dass das ein Komplize von Paolo sein musste! Versteckten sich noch mehr von diesen unheimlichen Kahlköpfen in der Dunkelheit des Waldes? Zwei? Zwanzig? Noch mehr? Flach atmend spähte Paulus aus dem Fenster. Was macht der Kerl? Der Glatzkopf stand regungslos auf dem Weg und schaute zu Paulus'

Fenster hinüber. *Verdammt, der Typ filmt mich!*,
bemerkte Paulus. Dann ein gedämpfter Knall,
ein weiterer, das Chaos setzte ein. Paulus
sprang auf, blickte nervös auf den Bildschirm.
Paolo war aufgewacht, er tobte in seinem Käfig
wie ein Affe bei einem aufziehenden Unwetter.
Was tun? Geräusche auf dem Dach. Jemand
kletterte darüber. Ohne weiter nachzudenken,
raste Paulus die Treppe hinauf. Er riss die Luke
zum Dachboden herunter, die Rollleiter rasselte ihm entgegen. Er raste hinauf. Das Dachfenster, nicht groß, aber breit genug, als dass
ein erwachsener Mann problemlos hindurch-
steigen konnte, lag vor ihm. Es war rot. Die
gleiche Substanz wie die, die an sein Wohn-
zimmerfenster geklatscht war, bedeckte die
gesamte Fläche. Und vor der roten Scheibe
bewegten sich die Silhouetten zweier Männer!
Die wollen hier rein, schoss es Paulus durch
den Kopf. Er sah sich hektisch um, ob hier
oben etwas lag, was er als Waffe benutzen
konnte, wenn die zwei durch das Fenster steigen sollten. Kisten, Kartons, alte Säcke... Es
krachte. Risse breiteten sich auf der Scheibe
aus, doch die Schutzfolie hielt die Splitter zusammen. Noch. Paulus hatte eine Idee, – keine

gute, aber die einzig umsetzbare... Er stemmte sich gegen eine alte Kiste, schob sie zum Fenster. Ihre Höhe reichte etwas bis unter die Fensterbank. Gut so. Er packte mit beiden Armen eine weitere Kiste, hob sie an und schleppte sie schnaufend auf das Fenster zu. Es krachte wieder, die Scheibe wölbte sich einen Moment nach innen, hielt aber stand. Paulus setzte die schwere Kiste auf die andere, schob sie direkt vor das Fenster. Er blickte sich wieder um. Ja! Da, am anderen Ende des Dachbodens, lagen zwei Holzlatten. Mit wenigen Schritten erreichte Paulus sie und rannte damit zu seiner improvisierten Barriere. Er stemmte sie schrägwinklig gegen die obere Kiste, verkeilte die Latte mit dem unebenen Holzboden, bei dem er leicht Halt fand, um so die Blockade zu verstärken. Dann hörte er ein weiteres Krachen, diesmal aus dem Erdgeschoss. Paulus sah sich um. Sein Vater hatte doch einen Werkzeugkoffer besessen! Wo war der? Er sprang auf die Kisten zu, spähte hinein, riss eine alte Decke beiseite. Da war er! Er nahm ihn, eilte zu der Holzlatte und schnellte voll bepackt auf die Bodenluke zu und raste die Leiter hinunter zum Hintereingang. Die

Tür dort war zwar auch verstärkt, allerdings nicht so gut wie die Vordertür. Jemand warf sich mit ganzer Kraft und vollem Gewicht dagegen. Es krachte, Staub rieselte aus dem Rahmen. Paulus packte die Latte, setzte sie an und begann zu hämmern. Die Tür einfach verrammeln, das hatte er vor. Dass das die Glatzenbande davon abhielt, hier einzusteigen, bezweifelte er trotzdem. Er hämmerte, trieb mit wuchtigen Schlägen Nägel durch das Holz, bis ihm die Nägel ausgingen. Dann erste bemerkte er die gespenstische Stille. Nichts mehr. Der Spuk war vorbei. Schweißnass trat er von der Tür weg, – er traute dem Frieden nicht. Dann ging er in das Wohnzimmer. Alle Scheiben waren beschädigt. Nur die Sicherheitsfolie hatte ihn vor dem Eindringen der Glatzköpfe bewahrt. Er inspizierte die anderen Räume. Überall dasselbe: Risse zogen sich über die Scheiben, an den Fensterrahmen fanden sich Kratzspuren. Erschöpft und immer noch zitternd setzte sich Paulus auf sein Sofa. An Schlaf war für ihn in dieser Nacht nicht mehr zu denken. Doch sie waren verschwunden. Zumindest für diese Nacht.

Kapitel 16

Waren Sie wirklich weg? Die Sonne schien hell
und warm auf den Wald herab, während Paulus vorsichtig aus dem Fenster spähte, die
Bäume und Büsche beobachtete, die das Ende
der Lichtung markierten. In einem warmen
Sommerwind tanzten und schwangen die Äste
und Zweige hin und her, alles schien lebendig
zu sein. Ob er es wagen könnte, vor die Tür zu
treten? Und wenn die Glatzköpfe auf ihn war-
teten? Wer sagte, dass sie nur bei Nacht an-
griffen? Aber Du kannst nicht ewig hier drin
sitzen!, rief Paulus' Verstand. Er stand auf und
ging zur Tür.

Als er in den warmen Sommermorgen hinaus-
trat, kam es ihm vor, als sei die ganze Welt ra-
dioaktiv verseucht: eine unsichtbare Gefahr,
die inmitten dieses fröhlichen Morgens mit
seiner harmlos scheinenden Sonne und dem
leichten Windspiel der Zweige permanent prä-
sent war. Paulus schluckte, als er auf den Lichtungsrand zuging. Nur Äste, Zweige, raschelnde
Blätter – kein Mensch. Paulus fühlte sich einsam
auf der Lichtung, auf der sein altes Waldhaus
stand. Er drehte sich einmal um die eigene

Achse, - und zuckte zusammen. Sein Haus schien zu bluten. Überall klebten verlaufene, rote Farbflecken wie unzählige, blutige Verletzungen am Mauerwerk und Dach. Das gemeißelte Gesicht unter dem Giebeldreieck schien eine blutende Platzwunde an der Stirn zu haben, das törichte Lächeln der Fratze erschien Paulus heute eher wie ein schmerzverzerrtes Schreien. Paulus' Knie wurden weich. Er ging weiter um das Haus herum. Die Rückseite des Gebäudes hatte es noch stärker getroffen. Das müssen mehr als drei Männer gewesen sein, vermutete er, konnte aber nicht einschätzen, wie viele mehr. Was ist mit dem Fahrzeugschuppen? Hatten Sie sein Auto zerstört? Paulus eilte auf die abseits stehende Holzbaracke zu. Die Tür hing schräg in ihren Angeln, er trat ein. Der Wagen war ein Wrack: die Reifen zerstochen, die Scheiben zerschlagen, der Lack zerkratzt. Paulus ließ die Schultern hängen. Verdammt!

Kopfschüttelnd und voll wütender Angst schritt er auf den Lichtungsrand zu. Ein Adrenalinstoß ließ ihn die Sorge, dort könnten ihm die Glatzköpfe immer noch auflauern, in den hintersten Winkel seines Gehirns verbannen.

Er wollte ihre – hoffentlich verlassenen – Verstecke ausheben. Deshalb folgte er dem Zufahrtsweg bis um die nächste Kurve, nur etwa siebzig Meter vom Haus, aber außerhalb der Sichtweite. Wie er es sich gedacht hatte: Reifenspuren. Breit, das Profil ließ auf ein geländegängiges Fahrzeug schließen. Paulus sah sich um wie ein Detektiv. Da! Ein Trampelpfad führte in das Dickicht. Zögernd sah er sich unauffällig in alle Richtungen um. Er hatte Angst. Sollte er wirklich dem Trampelpfad in das Gebüsch folgen? Es führte in die Richtung seines Hauses. Doch schließlich siegte seine Risikobereitschaft über die Angst.

Durch raschelndes Gras folgte Paulus dem Pfad. Dieser beschrieb mehrere Windungen, verlief aber unmissverständlich auf sein Haus zu. Dann verbreiterte sich der Pfad zu einer kleinen Höhle im Buschwerk. Der Bodenbewuchs lag plattgedrückt vor ihm. Er bemerkte, dass Äste mit soldatischem Können zum Tarnen eingesetzt waren, sie bildeten eine sichtfeste Barriere. Und durch die Äste konnte Paulus sein Haus sehen. Die Tür und die Fenster lagen deutlich einsehbar vor ihm, sogar einige Schränke im Haus ließen sich erahnen. Paulus schluckte. „Diese Mistkerle", murmelte er. Er sah sich verunsichert um. Seine Angst kehrte zurück. Er wollte zurück in das Haus. Sicher war er dort auch nicht, aber in jedem Fall sicherer als hier draußen!

Die Schrecken sollten noch kein Ende nehmen. Als Paulus, seinen Laptop einschaltete, um sich abzulenken, zu beruhigen und um wieder auf konstruktive Gedanken zu kommen, der nächste Schock: In seinem E-Mail-Fach befanden sich fünf neue Mails, alle mit dem Betreff: „Letzte Nacht haben wir Sie nur gewarnt". Die E-Mailadresse des Absenders war offensichtlich ein Fake: Er, beziehungsweise sie nannten sich „dunklenacht" und hatten sich, wie Paulus vermutete, diese Adresse nur für diese Aktion bei einem großen E-Mailserviceanbieter eingerichtet. Paulus überlegte, ob er die Mails überhaupt öffnen sollte. Jede Mail enthielt einen Anhang. Wollte die Bande ihm ein Computervirus unterjubeln, um ihn von der digitalen Kommunikation abzuschneiden? Möglich. Er handelte erneut risikobereit und öffnete die erste Mail. „Glauben Sie nicht, dass wir unsere Ziele nicht erreichen. Sie sind uns in jeder Hinsicht unterlegen", las er in der Mail. Mehr stand dort nicht. Doch das eigentlich Beunruhigende war der Anhang: Videodateien, die Filme von ihm, Norman Lukas Paulus, enthielten. Und was Paulus am meisten beängstigte: Das Material war teilweise Stunden vor dem Angriff aufgenommen worden. Ein Film zeigte, wie er das Haus verließ, um sich die Beine zu vertreten. Die Kamera filmte jedes Detail mit, folgte jeder Bewegung. Dabei hatte sich Paulus dem versteckten Kameramann bis auf wenige Meter genähert! Warum hatten sie ihn nicht schon da angegriffen? Es wäre kein Problem gewesen! Paulus schüttelte fassungslos den Kopf, betrachtete weitere Filme: Er, wie er nachdenklich im Zimmer auf- und abging, wie er unruhig auf dem Sofa saß, beim Kochen, beim Essen, beim Schlafen...

Es konnte für dieses Vorgehen der Glatzköpfe nur eine logische Erklärung geben: Sie wollten ihn nicht schnappen, sondern nur einschüchtern. Noch. Doch ob das beim nächsten Angriff wieder so sein würde, bezweifelte Paulus. Dass es einen weiteren Angriff geben würde, daran zweifelte er keineswegs. Er musste etwas tun. Jetzt! Und er wusste auch schon was!

Kapitel 17

Es war lebensgefährlich, darüber war sich Paulus im Klaren. Vorsichtig setzte er einen Fuß vor den anderen, während er sich an allem, was sich anbot, festhielt, um nicht von der Dachschräge zu fallen. Paulus bewegte sich auf die Dachkante zu, der olivgrüne Rucksack auf seinem Rücken wog schwer. Dann stand er auf wackligen Beinen am Ende des Daches, wo es gut fünf Meter senkrecht nach unten ging. Paulus hockte sich hin. Er drehte sich dem kleinen, rot verklebten Dachfenster zu, das hinter ihm lag. Ja, hier mussten die Kerle auf das Dach geklettert sein, vermutete er. Er zog den Rucksack vom Rücken, voller Vorsicht, damit ihn die Gewichtsverlagerung nicht aus dem Gleichgewicht brachte, und er das Dach hinunterfiel. Bei so einem Sturz würde er sich sicher die Beine brechen, vielleicht auch den Rücken oder beides, und dann läge er allein, hilflos hier draußen bis die Glatzköpfe wiederkämen... Paulus wollte nicht daran denken, als er eine Tube Industriebkleber aus dem Rucksack zog. Den Kleber hatte er beim Bau des Käfigs verwendet. Er trocknete schnell und hielt nahezu alle Werkstoffe zusammen, genau das, was er jetzt

brauchte. Er tupfte etwas Kleber auf das Fens-
terbrett, bereits kleine Mengen genügten. Dann
griff er in den Rucksack, holte einen alten
Schuhkarton heraus und nahm den Deckel ab.
Scherben. Er hatte Flaschen zerbrochen und
wollte die Scherben mit dem Industriekleber
nun an sämtlichen Stellen befestigen, an denen
die Glatzköpfe mit Händen und Füßen vorbei
mussten, um in das Haus zu gelangen. Die Sonne schien heiß auf das Dach herunter, Paulus
schwitzte. Manchmal, wenn er sich aufrichtete,
breitete sich Schwärze vor seinen Augen aus.
Es dauerte über eine Stunde bis Paulus mit seinem Rucksack die Holzleiter hinunterstieg und
sich den Fensterbänken im Erdgeschoss zu-
wandt. Als ihm die Scherben ausgingen, verwendete er Blechdosen, aus denen er mit einer
Blechschere scharfkantige Stücke herausschnitt.

Es war bereits früher Nachmittag, als Paulus
begann, vor dem Haus Drähte zu spannen, meis-
tens zwischen Knöchel und Kniehöhe. Stolperfallen. Die Drähte würden bei schwindendem
Licht für den unwissenden Angreifer unsichtbar
werden. Paulus nutzte alle ihm möglichen An-
kerpunkte: abgebrochene Zaunpfähle, schwere
Blumenkübel, Halterungen der Regenrinne...

Er befestigte gerade einen weiteren Draht an einem von Pflanzen überwucherten Zaunpfahl, als er stutzte. Was war das? Hatte er eine akustische Halluzination? War ihm die Sonne und Hitze auf dem Dach zu Kopf gestiegen? Nein. Ein Motorenbrummen. Es kam näher! Kamen die Glatzköpfe zurück? Paulus' Hand schnellte zu Boden. Er griff nach einem armdicken Ast. Als er aufsah, bog ein schwarzer PKW um die Kurve. Paulus hob drohend den Knüppel, stand da wie ein Baseballspieler. Er versuchte in das Wageninnere zu spähen, konnte aber durch die abgedunkelten Scheiben nichts und niemanden erkennen. Das Auto hielt, der Motor verstummte. Paulus spannte alle Muskeln im Körper an, als die Wagentüren aufschwangen. Dann ein Schock der ganz anderen Art: Es waren die Kriminalbeamten, die im Mordfall seiner Frau ermittelten!

Kapitel 18

Paulus warf verärgert und verschämt den Stock weg. Jetzt würde er in Erklärungsnot kommen, es würde äußerst schwierig werden, die Polizisten abzuwimmeln...

„Guten Tag, Herr Paulus!", begrüßte ihn der schwarzhaarige Oskar Pelzer. Der Farbige Cabera ging schweigend hinter ihm her. Paulus erwiderte den Gruß mit trockenem Hals. Was war, wenn sie „den Mörder" gefangen, einen Unschuldigen verhaftet hatten? Wie sollte er ihnen klar machen, dass der wahre Täter in seinem Keller saß und ihm die Anleitung zur eigenen Ermordung lieferte?

Pelzer blinzelte das Haus an. „Was ist denn hier passiert?", fragte er mit ehrlicher Besorgnis in der Stimme. „Vandalismus", erwiderte Paulus und eigentlich stimmte das sogar. „Haben Sie sie gesehen?" fragte Pelzer. „Nein. Als ich heute Morgen hier ankam, war alles schon so", log Paulus weiter und hoffte, dass sie nicht sein Auto sehen würden, denn dass er mit dem Wagen nicht am Morgen hergekommen sein könnte, war nur allzu offensichtlich. „Woher wissen Sie, dass ich hier draußen bin?", wollte Paulus wissen. Pelzer zog eine Braue hoch. „Ist das geheim?", stellte der die Gegenfrage. Was weiß der Kerl?, überlegte Paulus, als er sich auch schon lachend antworten hörte: „Nein, natürlich nicht!" „Wir haben Sie zu Hause nicht erreicht, in Ihrem Institut waren Sie auch nicht, aber da sagte man uns, Sie seien hier draußen." „Ach so, ja natürlich." „Was machen Sie eigentlich hier mitten im Wald?", wollte Cabera wissen. – *Den Mörder meiner Frau modellieren und dann umbringen*, dachte Paulus und sagte: „Ich habe meine Frau verloren. Ich brauche Ruhe." Cabera nickte verständnisvoll. Pelzer wechselte das Thema: „Könnten wir einen Moment hineinkommen? Es gibt einige Probleme." Paulus zeigte mit einer einladenden Geste auf die Tür. „Natürlich."

Er bemerkte, dass seine martialische Einbruchsabwehr und die Stolperfallen den beiden Polizisten sofort auffiel. Nichts sagen, nicht unnötig verzetteln, nahm er sich vor. Doch Pelzer sprach ihn indiskret und ungefragt darauf an. „Sie scheinen sich nicht ganz sicher in Ihrem Waldhaus zu fühlen. Wenn Sie wollen, Herr Paulus, schaue ich mich im Haus gerne mal um und sehe, wo ich Einbruchsmöglichkeiten erkenne. Gerade so schwer einsehbare Räume wie den Keller sollten wir uns mal ansehen, das wird schnell unterschätzt!" „Ach nein, das geht schon, vielen Dank", lehnte Paulus das Angebot ab und las in dem verwirrten Gesicht des Ermittlers, dass diese Zurückweisung unnatürlich gewirkt haben musste. Ablenkung!, schoss es Paulus durch den Kopf. „Haben Sie gewusst, dass im Altertum der Glaube weit verbreitet war, ‚rot' schütze vor Gefahren? Man bestrich Tiere, Bäume und Gegenstände mit roter Farbe, um sie vor bösen Einflüssen zu schützen!", erzählte Paulus drauf los. Pelzer blickte ihn mit Skepsis verratenden Stirnfalten an. „Haben *Sie* gewusst, dass rein symbolisch gesehen, ‚rot' nicht nur für Liebe steht, sondern sogar auch für Krieg, Hass und natürlich Blutvergießen?", erwiderte der Polizist. Paulus schluckte schwer, war sich sicher zu wissen, welche der symbolischen Bedeutungen die nächtlichen Angreifer im Sinn gehabt hatten. Doch sein jetziges Problem war, dass er sich den Polizisten gegenüber mit seinen plumpen Ablenkungsmanövern allem Anschein nach auffällig unauffällig verhielt. Nur keine weiteren Fehltritte!, rief sich Paulus ins Gedächtnis.

Sie setzten sich hin. „Nun, Herr Paulus, Sie erinnern sich sicher an das Phantombild, das wir mit Ihrer Hilfe angefertigt haben. Wir haben einen weiteren Zeugen ausfindig gemacht, der den Mörder in der Tatnacht gesehen hat. Er hat das Phantombild verändert." Paulus wusste nicht, worauf der Kriminalbeamte hinauswollte. „Ja und?" „Nun, das Phantombild wird aus Fotoelementen von echten Menschen, von Tätern aus der Datei zusammengestellt. Mit unserer Software haben wir dieses Phantombild mit Tätern aus der Datei abgeglichen." Pelzer machte eine Pause, sah Paulus direkt in die Augen. „Die Software kann so herausfinden, auf wen das Bild passt, wer der Täter sein könnte, sofern er bereits registriert ist." Paulus spürte ein merkwürdiges Gefühl im Magen, alles schien sich zusammenzuziehen. „Wir haben einen Mann gefunden, der als Täter in Frage kommt." Dann zuckte Paulus zusammen, als Pelzer ihm das Bild von Paolo entgegenstreckte und verkündete: „Der Mann ist seit einigen Tagen verschwunden. Sein Name ist Paolo Cambiare. Und glauben Sie mir, wenn das unser Mörder ist, dann sind Sie in aller größter Gefahr!"

Kapitel 19

„Sie können unser Theoriegebäude drehen und wenden wie Sie wollen, es ist und bleibt immer bedrohlich für Sie. Mal auf die eine, mal auf die andere Art und Weise", sagte Oskar Pelzer ernst.

Sie saßen auf der Fünfzigerjahre-Couch im Wohnzimmer des Waldhauses. „Entweder ist Paolo Cambiare in den Untergrund abgetaucht und bereitet, wer weiß was, gegen Sie vor", stellte Pelzer die eine beunruhigende Option vor, „oder ihm ist etwas zugestoßen, was von dessen... Verbündeten als Racheakt von Ihnen interpretiert werden könnte und noch sehr viel schlimmer für Sie wäre." Paulus versuchte in seiner Mimik nicht preiszugeben, dass es die erste Variante war, die ihm weniger Angst machte, war sich aber nicht sicher, ob der psychologisch geschulte Ermittler das nicht doch durchschaute. „Was meinen Sie mit ‚zugestoßen'?", hakte Paulus mit trockenem Mund nach. Pelzer hob langsam die Schultern. „Tot? Gekidnappt?" schlug er mit ratloser Stimme vor.

„Von wem?" wollte Paulus weiter wissen. Pelzer zog erneut die Schultern hoch.

„Also, ich halte ihn nicht im Keller gefangen! Sie können ja gern mal nachsehen!" versuchte Paulus einen Scherz und hoffte, dass es nicht allzu ironisch klang. Pelzer und Cabera lachten kurz, dann sagte Cabera: „Das wollten wir Ihnen auch nicht unterstellen, Herr Paulus. So etwas machen ja auch nur Psychopathen in Psychothrillern von verrückten Autoren!" Paulus war sich nicht sicher, ob im Tonfall des farbigen Kriminalbeamten jetzt keine Ironie mitschwang. Dann tappte Paulus beinahe in eine Falle, die Pelzer ihm stellte: „Waren es Glatzköpfe, die Ihr Haus so zugerichtet haben?" Paulus setzte an zu antworten, schluckte das „Ja" aber herunter. Er hatte Pelzer eben gesagt, er habe den Angriff nicht miterlebt. Ein „Ja" würde ihn nun in eine Widerspruchssituation zwängen, aus der er nur schwer wieder her- auskommen würde. „Ich weiß es nicht!", ant- wortete Paulus und versuchte aufrichtig zu klingen. Die Polizisten trauten ihm nicht. Das war schlecht. Pelzer und Cabera sahen ihn lange an, Paulus kam es vor wie eine Ewigkeit. Er wusste nicht, wie er reagieren solltc, um unauffällig zu wirken. „Herr Paulus", sagte Pelzer mit einer ruhigen Stimme, die Paulus mehr Angst machte als die verhörartigen Fra- gen. „Wir wollen Ihnen wirklich helfen. Und wir wollen wirklich nicht, dass Sie das nächste Opfer werden. Wenn das ‚Glatzköpfe' waren, die Ihr Haus so zugerichtet haben, dann müs- sen Sie uns das *jetzt* unbedingt sagen. Sie kommen sonst nicht lebend aus diesem Abenteuer heraus!" Bleiernes Schweigen lag über der kleinen Gruppe. „Wir achten auf Sie", begann Pelzer erneut, wobei Paulus nicht wusste, ob das eine latente Drohung war. Der Ermittler sah ihn durchdringend an, bevor er fortfuhr: „Aber wir können Ihnen vermutlich nicht helfen, wenn Sie nicht mit offenen Karten spielen!" Erneutes Schweigen. Schließlich überwand Paulus die Stille: „Angenommen, es waren die ‚Glatzköpfe'... Wer sind die?"

Pelzer atmete tief ein. „Wir wissen, dass Paolo Cambiare Mitglied der ‚Hairesis-Initiative' ist." Paulus schwieg, Pelzer fuhr mit schleppender Stimme fort. „Das ist eine äußerst gefährliche Sekte. Genau genommen heißt die Organisation ‚Hairesis-Initiative – Gesellschaft für Gesundheits- und Eliteförderung'." Pelzer schwieg, Cabera übernahm das Wort: „Der Verfassungsschutz beobachtet die Organisation. Die Hairesis-Initiative weist die typischen Strukturen einer Sekte auf: Es gibt einen Guru – bei Hairesis passenderweise ‚Führer' genannt. Die Sekte ist, wie alle Sekten, im Besitz der ‚reinen Wahrheit' und alle Außenstehenden sind schlecht. Wissen Sie, was für diese Sekte die reine Wahrheit ist?" Cabera wartete auf seine rhetorische Frage erst gar keine Antwort ab, er fuhr fort: „Der Mythos der ‚Hairesis-Initiative' ist, dass es seit Äonen von Jahren, seit Beginn der Welt, in regelmäßigen Abständen zu Kriegen kommt, – einem Krieg der Rassen. Die ‚Schwachen', ‚Minderwertigen' werden dabei ‚ausgemerzt'." Paulus schluckte. Paolo Cambiare war eindeutig von dieser Ideologie besessen, daran bestand nach allem, was er gehört hatte, nicht der leiseste Zweifel. Cabera fuhr fort: „Dieser Krieg wird – so die Sekte – von gewaltigen Naturkatastrophen eingeleitet. Nur die Besten überleben. Eine Auslese werde so getroffen."

Nun sprach Pelzer weiter: „Behinderte und ‚Erbkranke' haben in so einem Weltbild keinen Platz. Und vor allem keine Existenzberechtigung. Im Gegenteil: Sie sind Gift für die Gesellschaft." Paulus musste an die Rechercheergebnisse von Hanna denken, die ihr zum Verhängnis geworden waren: Sie hatte herausgefunden, dass eine Organisation keine Stipendien an behinderte Jugendliche hatte vergeben wollen.... Das passte ins Bild! „Aber... ist das nicht alles...", begann er laut zu denken,

„nicht eigentlich rassistisches Denken? Nazi-Ideologie? Sozialdarwinismus?" Cabera nickte langsam. „Absolut. Das ist eine Sekte mit rassistischem Überbau. Ja. Die kahlgeschorenen Köpfe – so wie sie bei modernen Nazis in der Politik ja nicht mehr unbedingt zur Schau getragen werden – unterstreichen das."

Trotz aller Angst sah Paulus einen Lichtblick. Die Ermittler konnten ihm helfen, Paolo Cambiare besser zu verstehen, was seinem Modellierungsvorhaben nur zugute kam. „Was ist das für ein Typ, dieser Paolo... wie hieß er gleich? Cambiare?", versuchte Paulus interessiert, aber unverdächtig nachzuhaken. „Ich sag Ihnen, was er schon mal nicht ist", begann Cabera die Antwort. „Er ist kein grölender Schläger, wie man sich einen Skinhead vorstellt. Cambiare ist ein hochintelligenter Mann in körperlich bester Verfassung. Andernfalls hätte er der Organisation nie beitreten können. Er hat studiert. Genau genommen die Fächer Sport, Mathematik und Philosophie auf Lehramt. Er hat das Studium schneller und besser abgeschlossen als normal. Danach hat er einige Jahre an einem Gymnasium unterrichtet. Er wurde verbeamtet. Und... hat gekündigt. Soweit wir wissen, waren ihm die Schüler zu dumm, zu untrainiert, zu faul. Sie waren es nicht wert, dass er sich mit ihnen abgab. Schließlich fing er bei einer Organisation an, die ‚Elite' fördern will. Sekten dürfen in Deutschland keine richtigen Schulen betreiben. Eine andere populäre Sekte eröffnet deshalb Nachhilfeschulen und die Hairesis-Initiative ‚Eliteförderungs-Zentren'. Die locken die Klientel an, die sie brauchen. Auch auf Mitarbeiterseite, wie Paolo Cambiare zeigt. Cambiare ist dann in der Organisation aufgestiegen. Das geht über Seminare: die ersten sind kostenlos, dann wird es richtig teuer. So hat er in der Initiative Karriere gemacht."

Pelzer beugte sich vor, schaute Paulus mit beschwörendem Blick in die Augen. „Herr Paulus, wenn Sie wissen, dass Sie es mit der Hairesis-Initiative zu tun haben, dann sagen Sie es uns, wenn Sie überleben wollen! Wenn Sie einem von denen gegenüberstehen, und der glaubt, Sie hätten Cambiare etwas angetan, wenn der glaubt, Sie seien ihm unterlegen, gibt es nur eine Frage: Tötet er Sie, oder töten Sie ihn zuerst?"

Paulus nickte grimmig. Er würde so eine Begegnung überleben. Das Handwerk dafür würde ihm Paolo Cambiare schon beibringen.

Kapitel 20

Was war das für eine Organisation, diese Hairesis-Initiative? Für Norman Lukas Paulus hatte das Gespräch mit Pelzer und Cabera mehr Fragen als Antworten gebracht. Doch er wusste, wie er in kurzer Zeit mehr über diese Sekte erfahren würde.

Er eilte über den Campus der Düsseldorfer Heinrich-Heine Universität. Es war drückend heiß, auf den Sitzbänken und in den Grünanlagen saßen Studierende in kurzer Sommerkleidung und schwänzten Vorlesungen. Paulus achtete nicht auf sie. Sein Kontaktmann hieß Peter Fels, der Religionspädagoge, der ihm in der „Schicksalsnacht" beigestanden hatte, der hier ein Sorgentelefon leitete und inzwischen einen Lehrauftrag an der Hochschule wahrnahm.

Der beleibte Peter Fels wartete im Schatten eines Baumes, neben einem hohen Betongebäude und fächerte sich Luft mit einem Schreibblock zu. „Tut mir Leid, dass ich erst jetzt komme, das Taxi kam einfach nicht früher", begrüßte Paulus Peter Fels. „Taxi?" echote Fels. „Mein Wagen muss zum TÜV, aber der kommt schon durch!" behauptete Paulus lachend. Sein Lachen war nicht gespielt, denn keine spontane Lüge wäre grotesker gewesen als die, die ihm prompt in den Sinn gekommen war. Fels nickte. „Alles okay mit Dir, Norman?" „Ja, bestens. Danke. Peter, Du musst mir alles erzählen, was Du über die Hairesis-Initiative weißt!", bat Paulus. Fels zog die Brauen hoch, Paulus hätte es nicht gewundert, wenn sein Freund ihm eine Hand auf die Stirn gelegt hätte, um zu prüfen, ob er Fieber habe. „Wieso interessierst Du Dich für diesen Verbrecherverein, wenn ich fragen darf?" Paulus wusste nicht, wie er antworten sollte. Er entschied sich für die Wahrheit oder zumindest für einen Teil der Wahrheit. „Heute waren die Ermittler bei mir, die den... Mord an Hanna untersuchen. Sie sagten mir, dass vermutlich die Hairesis-Initiative dahinter steckt. Jetzt will ich alles wissen." Fels nickte erneut. „Ich habe letztes Jahr mit Studierenden eine Ausstellung über Sekten organisiert. Sie liegt jetzt in ihre Einzelteile zerlegt im Keller der Hochschule. Aber ich schlage vor, wir gehen da hinunter. Da kann ich Dir alles erzählen, was Du wissen willst."

Im Keller war es angenehm kühl. „Eigentlich bin ich der falsche Ansprechpartner für diese Organisation, sagte Fels, als sie unter einem Bündel Rohrleitungen, die unter der Decke verliefen, den Kellergang entlang gingen. „Wieso? Du bist Religionspädagoge", hielt Paulus dagegen. Fels blieb stehen. „Eben. Das ist bei so mancher Sekte der Fall: Sie sind keine Fälle für Theologen. Sie sind – wie manche behaupten – Fälle für den Verfassungsschutz!" Paulus nickte, sie gingen weiter durch den Hochschulkeller. „Sekten sind normalerweise Abspaltungen von den großen Weltreligionen, wie die Adventisten, die sich vom Christentum losgesagt haben oder die Wahhabiten vom Islam. So unterschiedlich sie auch sind: Alle sind der Meinung, sie würden die ‚wahre Religion' vertreten."

„Nach dem, was ich über die Hairesis-Initiative gehört habe, kann ich die aber keiner Religion zuordnen", hielt Paulus dagegen. Sie standen in einem Lagerraum, Metallregale, die bis unter die Decke reichten, vollbepackt mit Kisten und zusammengerollten Papierrollen, umgaben sie. „Die Hairesis-Initiative ist im Grunde ein Konzern, – ein gewissenloser, krimineller Konzern mit Ideologie. Mehr nicht", sagte Fels und zog eine großformatige Papierrolle aus einem Regal. Er rollte sie auf einem Tisch aus. Sie war ein Teil der Sektenausstellung, wie Paulus bemerkte. „Lies das bitte!" forderte Fels ihn auf. „*Hairesis*", las Paulus laut vor. „Das Wort stammt aus dem Altgriechischen und bedeutet ‚Auswahl', ‚Auslese'." Fels nickte. „Und weiter?" Paulus schüttelte den Kopf. „Hairesis wird auch mit ‚Gotteslästerung' übersetzt." „Eine nette Sekte. Es geht ihr nur um die Selektion. Die Starken sollen leben, die Schwachen sollen ‚ausgemerzt' werden. Das Weltbild ist ungefähr mit dem zu vergleichen, das in Deutschland zwischen 1933 und 1945 herrschte oder im Südafrika der Apartheid bis 1989." „Und wo gibt es Berührungspunkte mit ‚normalen Sekten'?", hakte Paulus nach. Fels trommelte mit dem Finger auf dem kleinen Abstelltisch herum, während er überlegte, wo das Ausstellungsposter zu dieser Frage lagerte. Dann zog er erneut eine Papierrolle aus dem Regal. „Hier kannst du es lesen!" Er zeigte auf einen alarmierend roten Infokasten auf dem Poster. „Sekten bauen sich oft eine eigene Welt auf. Die Mitglieder leben in Wohngemeinschaften, die Tätigkeit in den erlernten Berufen wird aufgegeben, um ausschließlich für die Sekte arbeiten zu können. In einigen Sekten ist es verboten, fernzusehen oder Zeitung zu lesen." – Ob Paolo Cambiare auch völlig isoliert worden war? Nur der Sektenpropaganda ausgesetzt? War er ursprünglich selbst Opfer gewesen?, fragte sich Paulus. Er wollte wissen, warum ein offenbar so intelligenter, akademisch gebildeter Mann wie Paolo sich zu einer solchen Gruppierung hingezogen fühlte, ja sich ihr geradezu unterwarf. „Was sind das für Leute, die sich so einer Organisation anschließen?", fragte er Fels. „Opfer von Sekten sind oft die, die einsam sind, Zuwendung und Anerkennung wollen. Die bekommen sie in der Sekte zunächst auch. Für Anfänger gibt es viel Lob und Anerkennung. Später, wenn sie tiefer in den Sektensumpf gesunken sind, wird das Lob selten. Dann muss es hart erarbeitet werden, die Menschen stehen unter Druck." Das reichte Paulus als Erklärung nicht aus. „Aber kann es bei der Hairesis-Initiative nicht auch andere Gründe geben? Es ist eine Nazidenkweise. ‚Wir sind die Besten, Überlegenen'… - Menschen, die sich zu solchen Gruppierungen hingezogen fühlen und so etwas auf die Fahne schreiben, sind doch innerlich meist diejenigen, die genau das eben nicht von sich denken." Fels nickte: „Riesiges Geltungsbedürfnis, winziges Selbstwertgefühl! Ja, genau das ist es. Und wenn Sie dann in ihrem Selbstwert bestärkt werden, ist das zunächst sehr wichtig für sie." Paulus überlegte. Genau! Das war es, was er wissen musste: „Wie kann ein ‚normaler Mensch' bei einem Mitglied der Hairesis Initiative überhaupt Eindruck schinden?" Fels prustete beinahe belustigt, er griff ein weiteres Plakat aus dem Regal. Paulus bemerkte, dass es sich um ein offizielles Werbeplakat der Hairesis-Initiative handelte, das Peter Fels vermutlich selbst in einer Nacht- und Nebelaktion für die Ausstellung „besorgt" hatte. „Testen Sie kostenlos Ihren IQ! Überprüfen Sie kostenlos Ihre Gesundheit! Sie sind besser als Sie denken!", las Fels mit dem Tonfall eines Staubsaugerverkäufers vor. „Eine andere bekannte Sekte bietet dir Persönlichkeitstests an. Die Hairesis-Initiative bietet dir Intelligenz- und Gesundheitschecks." Paulus nickte ungeduldig, Fels fuhr fort: „Bei der Hairesis-Initiative ist es so: Du kommst mit größtenteils pseudowissenschaftlichen Tests zum Thema Intelligenz und Gesundheit in Kontakt. Andere Sekten gehen ähnlich vor… und immer sind die Testergebnisse so, dass sie dich weiter in den Sektensumpf treiben können." „Was heißt das konkret?", wollte Paulus wissen. Fels verzog grimmig das Gesicht, als er erklärte: „Die von der Hairesis-Initiative erzählen dir, dass ein verkappter Albert Einstein oder ein Stephen Hawking oder ein Johann Wolfgang von Goethe in dir steckt, je nachdem, was für ein Genie du gerne hättest. Das finden die schon aufgrund der vorhergegangenen Fragen raus. Sie schmeicheln dir. Aber, du bist eben nur ein *verkapptes* Genie. Du brauchst Förderung. Und die bekommst du bei der Hairesis-Initiative. Für Geld: am Anfang wenig, dann viel." Fels schob ihm ein „Zertifikat" über den Tisch, auf dem ein Teilnehmer die „hoch erfolgreiche Teilnahme" an einem „Aufbaukurs für Intelligenztraining" bescheinigt bekam. „Und wo führt das hin?", wollte Paulus wissen. „In den Krieg", antwortete Fels ohne zu zögern. Paulus verstand nicht. „Krieg?" „Die Rassen, die starken und die schwachen, werden durch einen Krieg der Rassen aussortiert. Nur die Guten und Starken – also Mitglieder der Hairesis-Initiative – überleben. Wenn du hoch genug aufgestiegen bist, nach etwa zehntausend Euro ‚Seminarinvestition', reden sie dir das ein." „Und wann ist der Krieg?", wollte Paulus wissen. „Er wird – so der Mythos der Hairesis-Initiative – von globalen Naturkatastrophen begleitet. Die Initiative sieht im nahenden Klimawandel diese Katastrophen." „Und was tun sie jetzt?", wollte Paulus wissen. Fels schwieg einen Moment. „Das, was auch die ‚normalen' politisch Rechten tun wollen, wenn ‚ihre Revolution' kommt. Sie ‚beseitigen' alle, die den Staat handlungsfähig und stark machen und alle, die die Bevölkerung über Vorgänge informieren. Ihre Gegner sind zunächst Richter, Polizisten und Journalisten." Paulus schluckte. Das passte ins Bild. „Unterschätze niemals die Gefahr einer Sekte", mahnte Fels mit einem Ernst in der Stimme, der Paulus Angst machte. „Im März 1995 setzte die japanische AUM-Sekte zur Hauptverkehrszeit in fünf U-Bahnen das giftige Gas ‚Sarin' frei. Mitten im Zentrum von Tokio! Elf Fahrgäste starben. Über 5500 Menschen wurden verletzt." Paulus' Mund fühlte sich trocken an. Doch trotz der Albtraum-szenarien, die Fels ihm präsentierte, verfolgte er eine Idee, bei der er wusste, dass ihre Verwirklichung gefährlich würde. „Es gibt doch sicher eine Art Hauptquartier der Hairesis-Initiative in Düsseldorf", wechselte er das Thema. Fels schüttelte den Kopf. „Vergiss es, egal was Du vor hast!", sagte er eindringlich. „Sag mir doch einfach, wo es ist!", bat Paulus. Fels schüttelte noch heftiger den Kopf. „Mach keine Dummheiten, Norman!" „Ich geh' da nicht hin!", behauptete Paulus. Fels sah ihn lange an, wusste er doch, dass Paulus es früher oder später, mit oder ohne seine Hilfe, herausfinden würde. „Versprich mir, da niemals hin zu gehen! Dann sage ich es Dir." „Ich verspreche es!", beteuerte Paulus und hasste sich dafür, seinen Freund Peter Fels zu belügen.

Kapitel 21

Paulus spürte ein flaues Gefühl im Magen. Er wusste, dass es ein großes Risiko war, sich in das Sektenhauptquartier der Hairesis-Initiative vorzuwagen, in die Höhle des Löwen zu schleichen. Doch er wusste, dass es notwendig war, um Paolo Cambiare zu verstehen, um ihn zu modellieren, um von ihm das Überwinden der Tötungshemmungen zu erlernen. Und dass das immer notwendiger werden würde, hatte sein Freund Peter Fels im Grunde nur bestätigt.

Paulus ging durch den Medienhafen Düsseldorfs. Die Sonne schien unerbärmlich heiß auf die Großstadt herunter, der Rhein hatte einen Rekordniedrigstand erreicht, die Wellen klatschten müde gegen scheinbar in die Höhe gewachsene Uferbefestigungen, wie Paulus auf dem Weg hierher gesehen hatte.

Wo war die Zentrale der Hairesis-Initiative? Paulus sah sich suchend um. Die drei schunkelnden Gehry-Bauten ragten vor ihm auf, erinnerten ihn daran, wo er gerade stand: an einem der kreativsten und avantgardistischsten Orte der Landeshauptstadt. Da, wo sich Firmenhauptsitze tummelten, wenige Gehminuten vom nordrhein-westfälischen Landtag entfernt. Hier irgendwo in diesem elitären Viertel hatte sich auch die Hairesis-Initiative niedergelassen.

Nach einigen Minuten stand Norman Lukas Paulus unvermittelt vor dem Bau der Sekte. Ein in der Baukultur dem noblen Umfeld ideal angepasstes Architekturkunstwerk aus Glas und

Beton, das Paulus in seiner Form in abstrakter Weise an einen Bienenkorb erinnerte. Wie passend, dachte Paulus. Bienen, fleißige Wesen, die ausschwärmen, strikt organisiert sind und in stechenden Schwärmen angreifen. Einen Augenblick überlegte er, ob er umdrehen sollte, einfach weglaufen...

Doch er trat durch die hohe Glastür ins Innere des Düsseldorfer Hauptsitzes der Hairesis-Initiative.

Das große Foyer war klimatisiert, doch empfand Paulus diese Kühle trotz der drückenden Gluthitze des Rekordsommers als unangenehm. Hier war es unterkühlt, – das passte, wie er fand, gut zu dem, was er über die Sekte wusste.

Das hohe Foyer vor ihm erinnerte Paulus in seiner futuristischen Architektur an die Düsseldorfer Einkaufspassage „Sevens", doch vieles war anders: Von der Decke hingen große Transparente mit Zitaten von Charles Darwin: *„Es besteht eine konstante Tendenz allen beseelten Lebens, sich so weit zu vermehren, dass die verfügbare Nahrung nicht ausreicht"*, prangte auf dem einen, und auf dem anderen las Paulus: *„Die Säugetiere haben die Dinosaurier*

verdrängt, weil sie schneller, kleiner und aggres-
siver waren."

Paulus zuckte zusammen, als er eine Stimme direkt neben sich hörte. „Ich begrüße Sie herzlich!" Neben ihm stand ein Glatzkopf: jung, athletisch, vital, in einem teuren Nadelstreifenanzug. Der Glatzkopf streckte ihm die Hand zum Gruß entgegen, doch Paulus kam es vor, als wolle der Teufel selbst ein Geschäft mit Handschlag besiegeln. Er durfte nicht auffliegen, musste sich unverdächtig verhalten. Der Glatzkopf hatte einen ungewöhnlich festen Händedruck, gab ihm die Hand von leicht oben, was Paulus als körpersprachliches Signal der Überlegenheit interpretierte. „Möchten Sie sich gerne umsehen?", fragte der Glatzkopf einladend. Typisch, bemerkte Paulus. So manche Sekte versuchte ihr „Frischfleisch" in ihre Räumlichkeiten zu locken. Paulus bejahte. „Nun, ich führe Sie gerne umher und stehe Ihnen selbstverständlich für Fragen zur Verfügung!", verkündete der Glatzkopf. „Bitte folgen Sie mir!" Kennen die mich? – Spiele ich mit *ihnen*? ...oder spielen *die* mit mir?, fragte sich Paulus und war sich der Gefahr bewusst.

Es ging los. Paulus spürte, dass jeder Satz, den der Glatzkopf von sich gab, einstudiert und wohl bedacht war. Er hatte es mit einem Kommunikationsprofi zu tun. Das bemerkte Paulus als Coach schnell. Der Glatzkopf verhielt sich zuvorkommend, diskret, gut situiert. Er erweckte das Gefühl von Seriosität und Kompetenz. „Wir haben für die interessierte Öffentlichkeit das Gebäude so gestaltet, dass es sich letztlich selbst erklärt, und dass jeder bei jedem Besuch etwas Neues an wertvollem Wissen mitnimmt." Der Glatzkopf zeigte auf den Boden: „Durch das Gebäude läuft eine riesige Zeitleiste. Darauf können Sie sich den Prozess der Evolution plastisch vor Augen führen und die Entwicklung des Lebens und deren wichtige Selektionsprozesse nachvollziehen!" Paulus versuchte, gleichermaßen interessiert wie unbefangen zu wirken. „In den vergangenen 570 Millionen Jahren Erdgeschichte hat es etwa fünfzehn Mal ein Massensterben der Arten gegeben. Bei fünf dieser Ereignisse verschwand jeweils die Hälfte aller Spezies vom Planeten." Der Glatzkopf zeigte auf den Boden, wo ein Schaubild der Zeittafel die Epoche abbildete: „Das Ordivizium vor 440 Millionen

Jahren", erklärte er blasiert. Von seinem erdgeschichtlichen Vortrag wechselte der Glatzkopf mit gespielter Ungezwungenheit in ein anderes Gespräch, das Paulus in Bedrängnis brachte: „Wie haben Sie von der Hairesis-Initiative erfahren?", wollte er mit scheinbarer Beiläufigkeit in der Stimme wissen. Paulus schluckte. „Ein Bekannter hat mir davon erzählt. Und er schien sehr überzeugt von dem zu sein, was Sie so veranstalten", versuchte Paulus so oberflächlich wie möglich und so konkret wie nötig zu antworten. „Ein Bekannter. Wie schön. Ist er Mitglied?" „Ja", antwortete Paulus und merkte sofort, dass es ein Fehler war. „Dann kenne ich ihn vielleicht." Der Glatzkopf sah ihm forschend in die Augen. „Es ist gut möglich, dass Sie ihn besser kennen als ich, denn ich kenne ihn eigentlich kaum. Unter ‚Bekannter' fasse ich auch alle interessanten Gesprächspartner, die ich nicht namentlich kenne!", versuchte Paulus den Glatzkopf abzuschütteln. „Erzählen Sie mir doch bitte mehr über die Massensterben!", bat Paulus, um abzulenken und präzisierte die Frage: „Steht uns ein neues Sterben kurz bevor?" Der Glatzkopf schien sich über die Frage zu freuen: „Aber ja!", rief er, als sei es eine frohe Botschaft. „Das Massensterben ist im vollen Gange. In jeder Stunde sterben statistisch gesehen drei Arten aus! Über siebzig am Tag! 27 000 im Jahr! Der Selektionsprozess ist also im vollen Gange!"

Sie fuhren in einem Aufzug in die zweite Etage hinauf. Durch die Panoramaglasfront sah Paulus den sonnenbeschienenen Rhein, weiter dahinter die Rheinwiesen, auf denen sich, wie kleine Wolken, Schafe tummelten. Wie gerne wäre er jetzt da draußen, wie gern einfach weg, aber nicht an diesem kalten Ort, diesem Hort des Fanatismus!

Sie erreichten eine Mediothek, ein offener, heller Raum mit modernen Sofagarnituren, Internetplätzen, DVD-Archiv, unzähligen Büchern. Der Glatzkopf bot Paulus an, ihm ein Glas Wasser zu besorgen. Paulus nahm dankend an. So bekam er die Gelegenheit sich umzusehen: Bücher über Darwin, das Dritte Reich, die Apartheid, Genetik, Krieg, Klimawandel, Umweltkatastrophen, Philosophie. Die Titel kannte Paulus alle nicht. Er blickte auf die Verlagslogos. Keine ihm bekannten Verlage. Vermutlich hatte die Hairesis-Initiative die Bücher selbst verlegt, was bedeutete, dass er vor einer hoch modernen Propagandabibliothek stand. Er ließ den Blick durch das Gebäude wandern. Hinter einer Glaswand sah er junge Menschen in einem hauseigenen Fitnessstudio trainieren. Das ganze Gebäude, durchdesignt und modern, hatte – das musste Paulus zugeben – einen ungeheuren Sog: Es vermittelte dem Besucher das Elitebewusstsein der Hairesis-Initiative. Die klinische Atmosphäre symbolisierte das Streben nach Gesundheit, der aufwändige Bau war ein begehbares Denkmal der hohen geistigen Leistung seiner ideologisch verblendeten Planer.

Paulus blätterte in einem breitrückigen Buch mit dem Titel „Wissenschaft in der Hairesis-Initiative". „Charles Darwin hat, um die Selbstorganisation des Lebensreiches zu begründen, die Denkfigur des 18. Jahrhunderts – eben die der zweckmäßigen, guten Schöpfung – durch eine Denkfigur des 19. Jahrhunderts ersetzt: den allgegenwärtigen Wettkampf, bei dem Gutes entsteht, da die Schwächeren nicht siegen können", las Paulus leise vor sich hin. Er schüttelte den Kopf, als er weiterlas: „Es war der Geistliche und Ökonom Thomas Robert Malthus, von dem die Idee stammt, dass immer zu viele geboren werden, um satt zu werden, dass also immer

Massensterben programmiert sind. Die Formulierung vom ‚survival of the fittest' stammt hingegen vom Sozialphilosophen Herbert Spencer." Die Sekte hatte es gar nicht nötig, völlig absurde Theoriegebäude zu konstruieren, stellte Paulus fest. Die Wissenschaftsgeschichte bot ihnen einen großen Fundus an Ideen, der ihnen als Fundament diente. Paulus überflog einen weiteren Absatz: „Darwin zitierte bei der ersten Vorlesung über seine Theorie den Schweizer Botaniker de Candolle mit den Worten: ‚Alle Natur befindet sich im Krieg miteinander oder mit der äußeren Natur.'"

Paulus klappte das Buch zu, als er im Augenwinkel den Glatzkopf mit einem Wasserbecher auf ihn zukommen sah. Der Pappbecher glich dem, den er immer Paolo Cambiare hinstellte, bemerkte Paulus. „Sie haben sich in unserer Mediothek umgesehen?", fragte der Glatzkopf. „Ja." „Sie haben auch die Gelegenheit gehabt, ein wenig in ein Buch zu schauen?" „Ja." Dann bemerkte Paulus die Technik. Ein Verkäufertrick. Der Glatzkopf versuchte, eine „Ja-Straße" zu bauen, damit Paulus auch in dem Moment „ja" sagte, wenn der Glatzkopf das wollte. Die Wahrscheinlichkeit, dass Paulus so reagierte, war umso höher, wenn er Paulus dazu gebracht hatte, zuvor mehrfach mit „Ja" zu antworten „Gefällt Ihnen das Buch?" fragte der Glatzkopf weiter. „Ich bin noch nicht weit gekommen!", brach Paulus den Manipulationsversuch des Sektenmitglieds ab. Das nützte nichts. „Sie können es haben! Es ist kostenlos!", überrumpelte er Paulus. „Nicht nötig, danke!", wehrte Paulus höflich ab. „Wollen Sie so ein Angebot ausschlagen? Ich wollte Ihnen eine Freude machen!", empörte sich der Glatzkopf mit Enttäuschung in der Stimme. Paulus überlegte. Das Buch könnte ihm nützen. Es verriet viel über Paolo Cambiares Weltbild. Außerdem könnte er es ihm als Belohnung nach einem Gespräch anbieten, damit der darin lesen könnte wie ein Häftling in der Bibel. „Na, wenn das so ist, dann gerne!", entgegnete Paulus. Der Glatzkopf lächelte. „Schön! Dann geben Sie mir Ihre Adresse, dann schicken wir es Ihnen zu!", versprach er. In Paulus stieg Wut auf. Doch wenn er ehrlich war, ärgerte er sich in Wirklichkeit über sich selbst, dass er so dumm war, auf diesen Trick hineingefallen zu sein! „Ich würde es gerne sofort mitnehmen", versuchte er es so dreist wie möglich. Der Glatzkopf lächelte entschuldigend. „Wenn Sie es sofort haben möchten, würde das Buch 50 Euro kosten." Mit unverhohlenem Ärger knallte Paulus ihm das Buch auf den Tisch, so dass sich andere Besucher der Mediothek vorwurfsvoll umdrehten. Der Glatzkopf schien verunsichert. „Ein Vorschlag zur Güte!", begann er. „Setzen Sie sich in unsere Kommunikationslounge und nehmen in einer viertel Stunde an einer unserer Info-Veranstaltungen teil. Kostenlos. Da erfahren Sie mehr über unsere Angebote als ich es Ihnen mit einer Führung zeigen könnte." „Okay, das wäre schön!" beschloss Paulus. Später würde er diese Entscheidung bereuen.

Kapitel 22

Norman Lukas Paulus bemerkte zu spät, dass es nun noch gefährlicher werden würde. Das war keine „Infoveranstaltung". Und es war auch nicht „kostenlos". Es war ein Testverfahren, und er bezahlte mit Informationen über sich. Im Grunde saßen er und die zehn weiteren Teilnehmer in einem Assessment Center, das merkte Paulus schnell. Er war, bevor er als Coach zu arbeiten begonnen hatte, selbst Organisator solcher Veranstaltungen gewesen, um für Firmen das „beste Personal" für eine bestimmte Stelle zu rekrutieren. Deshalb wusste er auch, dass sie alle beobachtet wurden.

Bei einem Assessment Center kamen zwei „Assessoren", Beobachter, die speziell im Beobachten geschult waren, auf einen Teilnehmer. Die Beobachter würden Paulus' Verhalten und das der anderen Teilnehmer aufgrund von vorher festgelegten Kriterien protokollieren. Kooperationsfähigkeit, Führungsverhalten, alles was wichtig war. Welche Kriterien die Beobachter der Hairesis-Initiative unter die Lupe nahmen, wusste Paulus nicht, als er in dem hellen Seminarraum saß. Bei Assessment Centern hing immer alles davon ab, wer für welche Aufgabe gesucht werden sollte. Und weil Paulus nicht genau wusste, was die Hairesis-Initiative eigentlich wollte, konnte er die Situation nicht einschätzen. Er sah sich um: junge Leute.

Alle sollten sich in einem kurzen Vortrag selbst präsentieren, eine typische Assessment Center Aufgabe. Um ihn herum saßen ausschließlich Jungakademiker, aber auch Studierende, wie die Kurzvorstellungen ergaben.

Paulus tat in der Vorstellungsrunde so, als gäbe es nichts über ihn zu sagen. Er wollte kein Inte-

116

resse auf sich ziehen. Er nannte sich außerdem „Herr Schmidt", kein Vorname, einfach Herr Schmidt. Er war der Stille, Distanzierte, der, der sich nicht an Gruppengesprächen beteiligte, der nicht moderierte, nicht führte, alles tat beziehungsweise nicht tat, was Assessoren bei Assessment Center häufig als Minuspunkte in ihren Papieren verbuchten.

Der Vorstellungsrunde folgte ein Vortrag. Die Referentin regte zu einem dialogischen Umgang mit den Teilnehmern an. Paulus schwieg, antwortete auf Fragen einsilbig. *Man kann nicht nicht kommunizieren*, wie es der Kommunikationswissenschaftler Paul Watzlawick 1969 formuliert hatte, das wusste Paulus, aber er wollte durch seine Form der Kommunikation täuschen und tarnen. – Auch wenn er wusste, dass ein normaler Mensch bei einem Assessment Center sich normalerweise nicht über die gesamte Zeit verstellen konnte.

Der Vortrag war inhaltlich völlig unverfänglich. Es ging um Genetik. Paulus vermutete, dass die Hairesis-Initiative so die Aufnahmekapazitäten der Teilnehmer testen wollte. Wer kann was, wie lange aufnehmen? Als er sich möglichst unauffällig umblickte, sah er bereits, dass sich einige Teilnehmer mit gelangweilten Blicken verrieten. Dann weckte die Referentin Paulus' Aufmerksamkeit. Sie wurde konkret! „Bereits in uralten Utopien finden sich die Träume von der Menschenzüchtung: Beim griechischen Philosophen Platon hieß es vor etwa 2400 Jahren, dass der Staat Männer und Frauen mit guten Eigenschaften zusammenführen solle. Außerdem war Platon der Auffassung, eine zentrale Behörde müsse über diese eugenische Fortpflanzung wachen, um so die Qualität der Nachkommenschaften zu sichern."

Paulus schielte nach rechts und links: Die Teilnehmer schienen das alles offen und unvoreingenommen aufzunehmen.

Ob Paolo Cambiare auch einmal so hier gesessen hatte, bevor er sich den Schädel kahl rasiert hatte und der Sekte beigetreten war? Wahrscheinlich. Doch glaubte Paulus, dass Paolo nicht in Düsseldorf ein solches Seminar besucht hatte. Sekten schickten ihre Mitglieder oft von einem Ort zum nächsten, von einer Aufgabe zu anderen, beförderten, degradierten, lobten, tadelten, alles, damit der Mensch nicht zu einem inneren Gleichgewicht gelangte.

Die Stimme der Referentin lenkte Paulus' Aufmerksamkeit wieder auf den Vortrag, der zugleich ein Test war. „Platon weiter: Die monogame Ehe als Fortpflanzungs- und Erziehungsgemeinschaft solle aus Sicherheitsgründen abgeschafft werden. Außerdem – das riet Platon – sollten die Nachkommen ebenfalls auf ihre Erbeigenschaften überprüft werden."

Paulus hoffte, dass die Beobachter nicht merkten, wie zuwider ihm dieses ganze Gerede war! Er wusste nicht, wie die Hairesis-Initiative mit Andersdenkenden umging. Wenn er Glück hatte, ignorierte sie ihn dann, doch auf sein Glück konnte er sich längst nicht mehr verlassen!

„Zweitausend Jahre später griff Thomas Morus in seiner ‚Utopia' diesen Gedanken auf. Weitere hundert Jahre später finden wir ihn in Tommaso Campanellas ‚Sonnenstaat' wieder. Was wollte dieser weitsichtige Geist genau? Er ging davon aus, dass der ideale Staat, den er entwarf, die Fortpflanzung über ein eigenes Amt regeln sollte, – unter Aufsicht eines ‚Groß-Methaphysikers', wie er es nannte. Seine Vision war gleichermaßen simpel wie genial: Die Prinzipien der Tierzüchtung sollten einfach auf den Menschen übertragen werden. Amtspersonen sollten damit betraut sein, Männer und Frauen für die Zusammenführung auszuwählen."

Paulus spielte mit dem Kugelschreiber und Schreibblock herum, Werbematerial, das er auf dem Schreibtisch vorgefunden hatte, beides zum Mitnehmen, beides mit dem Logo und Kontaktdaten der Hairesis-Initiative bedruckt. Hatte er nicht genug erfahren? Sollte er nicht einfach gehen? „Herr Schmidt!" Zuerst hatte er fast vergessen, dass er gemeint war. Die Referentin lächelte ihn aufmunternd zu. „Wissen Sie, was es mit dem Begriff ‚Eugenik' auf sich hat?" „Nein!" „Nun, der Begriff ‚Eugenik' wurde in Anlehnung an jene griechischen Vorbilder von Sir Francis Galton – einem Verwandten Charles Darwins, wie ich erwähnen darf – geprägt. Wer war dieser Vordenker? – Galton hatte mehrere Jahrzehnte damit verbracht, Stammbäume von herausragenden Persönlichkeiten zu studieren. Sein Ergebnis: Deren außergewöhnlichen Begabungen waren von Generation zu Generation weitergegeben worden. Bei Galton heißt es: Durch sorgsame Eheschließungen könne über mehrere aufeinander folgende Generationen hinweg eine hochbegabte menschliche Rasse generiert werden."

Paulus senkte den Blick. Er drehte den Schreibblock um, – und ballte vor lauter Wut die Faust, als er die Werbung auf der Rückseite las. Es war ihm in diesem Moment völlig egal, wie viele Assessoren ihn beobachteten und sich fleißig Notizen machten. *„Sie haben keine Frau / keinen Mann? Die Hairesis-Initiative möchte alles für ihre Partnerschaft tun! Finden Sie mit der Hairesis-Initiative eine(n) PartnerIn! Wählen Sie aus unserem Single-Katalog aus! Hochintelligente, gesunde Menschen warten auf Sie!"*
Paulus riss die Seite heraus und zerknüllte sie. Die Referentin blieb unbeeindruckt. „Einer von Galtons Schülern, Charles Davenport, ein Professor an der Eliteuniversität Harvard und Chicago, gründete ein eugenisches Institut und setzte damit in den USA eine ganze Bewegung in Gang, die bald nach Europa hinüberschwappte."

In Paulus stieg nun immer mehr Wut auf. Wut, die sich sicher in seiner Mimik für den psychologisch geschulten Beobachter niederschlug. Doch das gerade war zuviel! Sie waren in dem Bereich der Geschichte angekommen, den Paulus auch ohne die Referentin weiter kannte. Was die Frau in ihrem schicken Kostüm da erzählte, als sei es die Frohe Botschaft der Weihnachtsgeschichte, hatte dramatischste Ereignisse in Gang gesetzt. *Die Gesellschaft muss sich schützen!*, hieß es damals bei Davenport. Und: *Genauso wie sie für sich das Recht beansprucht, einem Mörder das Leben zu nehmen, muss sie auch die grässliche Schlange hoffnungslos fehlerhaften Zellmaterials auslöschen dürfen.* Das Sterilisationsgesetz von 1933 und die Nürnberger Gesetze von 1935 enthielten alle wesentlichen Elemente der Züchtungsutopien!

Die Referentin kam zum Ende ihres Vortrags. Erschöpfte Gesichter der Teilnehmer teilten der Hairesis-Initiative mehr mit, als sich die meisten vorstellen konnten. „Kommen wir zum zweiten Teil. Diesmal machen wir einige Experimente, bei denen Sie viel über sich lernen!", verkündete die Referentin. Paulus befürchtete das Schlimmste.

Kapitel 23

Norman Lukas Paulus lernte in diesen Stunden mehr über die Tricks und Techniken der Hairesis-Initiative als erhofft. Er hatte Gefährliches erwartet und noch Gefährlicheres gefunden.

Die Hairesis-Initiative sammelte unglaublich viele Informationen über die Teilnehmer. Jetzt lagen Fragebögen vor ihnen auf den Tischen. Wer die Informationen lesen würde, was damit geschehen sollte, wo sie bis wann gespeichert würden – das blieb völlig offen. Doch Paulus wusste, dass der eine oder andere Teilnehmer, der schnell ehrliche Antworten in die Bögen kritzelte, sich ganz einfach erpressbar machte. Wenn nicht jetzt, dann vielleicht später, wenn bereits alles zu spät war, er mit kahlgeschorenem Kopf für die Sekte arbeitete und plötzlich aussteigen wollte. Dann würde die Sekte auf das gesammelte Material zurückgreifen können und die Menschen unter Druck setzen.

Bei den Fragen nutzte die Hairesis-Initiative einen Trick: Sie fragte zunächst nach dem Positiven, den Erfolgen, also das, worüber Menschen gerne redeten. Und – da war Paulus sich sicher – die Menschen, die sich zu einer „Eliteförderung" hingezogen fühlten, geizten bei so einer Gelegenheit nicht mit Details.

„An welches positive Erlebnis der letzten vergangenen vier Wochen möchten Sie sich noch in zwanzig Jahren erinnern?" „Welche Dinge wollen Sie in den nächsten 20 Jahren erreichen?"

„Was tun Sie dafür, diese Ziele zu erreichen?"
Paulus merkte, dass die Fragen denen eines
Coachings durchaus verwandt waren.

*Alles, was Sie sagen, kann und wird gegen Sie
verwendet werden*, dachte Paulus und schrieb
nichts als die reine Unwahrheit auf. Dabei
konnte er sich einen Seitenhieb nicht verknei-
fen. Auf die Frage: „Was war Ihr größter Erfolg
im Leben?" schrieb er: „Die väterliche Beglei-
tung meiner geistig behinderten Tochter". An-
fragen von der Hairesis-Initiative brauchte er
nach dieser Antwort sicherlich nicht mehr zu
fürchten.

Dem Fragebogenverhör schloss sich eine klassi-
sche Potentialanalyse an. Ein Konzentrations-
test. In einem Blatt voller kleiner „p", „q", „d"
und „b" in langen Kolonnen sollten sie jeden
Buchstaben bis auf die „d's" wegstreichen. Die
Referentin überwachte den Test wie eine
Sportlehrerin mit einer Stoppuhr. Es folgten
weitere Arbeitsblätter. Die Tests sind seriös,
stellte Paulus fest. Kritiker warfen solchen
Tests vor, sie würden nicht die Intelligenz,
sondern die „Schulfähigkeit" überprüfen. Dennoch waren sie brauchbar, Paulus wendete sie
selbst in seinem Institut an. Sie entsprachen

allen Standards, berücksichtigten sämtliche Formen der Intelligenz, sowohl figurale, als auch verbale, mathematische...

Die Hairesis-Initiative ist nicht dumm. Das wurde Paulus immer bewusster. Doch dumm und dämlich sind zwei Paar Schuhe. Ein verquertes, haltloses Weltbild ließ sich durchaus mit akademischem Verstand vereinbaren: Im Reichssicherheitshauptamt der deutschen Nationalsozialisten waren zwei Drittel der SS-Leute Akademiker gewesen, die Hälfte davon mit Doktortitel, führte sich Paulus vor Augen. Hier herrschte keine Dummheit, hier herrschte der reine Wahn, genau genommen der Rassenwahn. Das war eben das Problem: Seriöse Wissenschaft mischte die Hairesis-Initiative mit unseriösen Pseudowissenschaften. Die Aussage der Referentin, dass die Genetik und Neurologie in Zukunft eine so revolutionäre Rolle in der Wissenschaft spielen würde wie sie die Physik in der Vergangenheit eingenommen hatte, hätte Paulus an und für sich so unterschrieben, nur nicht in dem Sinne, wie es sich die Hairesis-Initiative zurechtbog und -log!

Diesen neuen Biologismus, eine Frucht der revolutionären Wissenschaftserfolge der Molekularbiologen seit der Entdeckung des DNS-Moleküls, erhebt die Sekte zur Religion, bemerkte Paulus. Das Genom ist für sie das Goldene Kalb. Doch er hatte eine düstere Vermutung, was die Fortschrittsparolen der Sekte eigentlich bezweckte: Die Propaganda richtete sich nicht zuletzt an die Investoren, deren Gier nach schnellem Gewinn geschürt werden sollten. Paulus überlegte weiter. War es nicht so? War die hochwissenschaftliche Sichtweise in einer Hinsicht nichts anderes als ein dramatischer Rückschritt? Ja, das ist sie in der Tat, bemerkte Paulus, als ihm dämmerte, dass die Hairesis-Initiative – ebenso wie viele Wissenschaftler außerhalb der Sekte – unter anderem wichtige Erkenntnisse aus der Psychosomatik negierten. Die in diesem modernen Sekten-Protzbau so geheiligte Gesundheit ging stark auf psychologische Aspekte zurück, nicht nur auf die Genetik! Hier und in vielen anderen Wissenschaftstempeln wollten die Denker nichts von neuen, viel versprechenden Disziplinen wie der Psychoneuroimmunologie wissen, die die Verknüpfung zwischen Gehirn und Immunsystem erforscht. Als NLP-ler, der sich mit dem Gehirn viel beschäftigte, war Paulus sich sicher:

Diese Forschungsrichtungen könnten in Zukunft auch die Erkenntnisse über das Genom relativieren. Deshalb lagen sie nicht im Trend des Zeitalters der Genetik. Und weil diese Wissenschaftszweige wirtschaftlich – nicht nur für die Hairesis-Initiative – weniger viel versprechend waren, wurden sie entsprechend halbherzig behandelt.

Die Stimme der Referentin riss Paulus unsanft aus seinen Grübeleien in das Hier und Jetzt des Seminarraums der Sekte zurück. „Jetzt wird es spannend!", versprach die Referentin mit einem breiten Lächeln, das Paulus falsch und bedrohlich erschien.

Ein scheinbar harmloses Rollenspiel begann. Die große Gefahr für Paulus trat bald offen an die Oberfläche. Es begann zunächst in keiner Weise beunruhigend, zumindest nicht beunruhigender, als der Aufenthalt im Sektenhauptquartier ohnehin schon war: Die Gruppe sollte sich vorstellen, dass sie mit einem Raumschiff auf einem fremden Planeten abgestürzt wäre. Nun sollten sie aus der Weltraumausrüstung auswählen, *was* sie für den langen Marsch zur rettenden Raumbasis über die wüstenhafte Planetenoberfläche *warum* mitnehmen wollten. Paulus wunderte sich gerade noch, dass die Initiative so ein verhältnismäßig altes Testinstrument verwendete, als einer der Teilnehmer sagte: „Herr Schmidt, jetzt fällt es mir auf: Ich kenne Sie doch!" Zunächst glaubte Paulus noch an eine Verwechslung, die mit dem selbst gewählten Allerweltsnamen zusammenhing, als der junge Mann fortfuhr: „Ich habe mal bei Ihnen einen Vortrag besucht!" Paulus schluckte, war sich sicher, dass die Assessoren seine Nervosität bemerken würden. War der Kerl wirklich ein Teilnehmer, oder hatte die Hairesis-Initiative einen der ihren eingeschleust? – Um ihn in eben so eine Situation zu bringen? War seine Anwesenheit, *seine Identität* längst bekannt? „Ich halte nie Vorträge!", wehrte Paulus ab, doch der Kerl schien ihm nicht zuzuhören: „Über Neurolinguistisches Programmieren! Ja doch, das war im letzten Jahr!" Bring den Kerl zum Schweigen, bevor ihm dein Name einfällt!, rief es in Paulus. Mit ihm zu diskutieren, würde nichts bringen. Doch Paulus kam eine andere Idee. Er wandte sich der Gruppe zu: „Was meinen Sie, wollen wir das weiter debattieren, oder wollen wir unseren ‚Planetenmarsch' endlich fortsetzen?" Zustimmendes Gemurmel. Der Kerl war isoliert, würde den Zorn der Gruppe auf sich ziehen, wenn er weiter bohrte. Gut so.

Das Rollenspiel weckte einige ermüdete Teilnehmer noch einmal auf. Es machte ihnen Spaß. Soll es ja auch, wusste Paulus, denn wenn es den Teilnehmern Spaß machte, dann konnten die ihre Potentiale besser einbringen, das war der Hintergedanke bei diesem Vorgehen. Das Rollenspiel dauerte eine halbe Stunde, dann endete die ganze Veranstaltung mit der Zertifikatsübergabe. Paulus steckte schweigend das wertlose Papier ein und verließ grußlos den Seminarraum. Im Eingangsfoyer traf er den Glatzkopf wieder, der ihn vor einigen Stunden durch das Gebäude geführt hatte. „Sie sehen sehr müde aus!", rief der fröhlich. Paulus ignorierte ihn. „Aber das ist normal! Morgen werden Sie sich sicher besser fühlen! Dann wissen Sie, dass Sie etwas Besonderes gemacht haben!", versuchte der Glatzkopf ihn aufzumuntern. Das war typisch für Sekten, wusste Paulus. Sie redeten ihren Mitgliedern und potentiellen Mitgliedern ein, etwas Besonderes zu sein. Auch dieses „zur Elite gehören" war ein häufiges Motiv, nicht nur bei der Hairesis-Initiative. Wer Teil von etwas Besonderem ist, ist bereit, dafür auch hart zu arbeiten. Wer Teil von etwas Besonderem ist, ist bereit, sich ausgrenzen zu lassen, beispielsweise wegen des kahl geschorenen Schädels Witze über sich ergehen zu lassen, sich Anfeindungen auszusetzen. „Wir werden uns wieder sehen!", rief ihm der Glatzkopf hinterher.

Kapitel 24

„Wo zum Teufel sind Sie gewesen?", herrschte Paolo Cambiare Paulus an, als der am frühen Abend den Orkus mit einem belegten Baguette betrat. Doch Paulus hörte, dass in Paolos Stimme eine gewisse Verzweiflung mitschwang. Es war nicht die Wut eines siegreichen Generals, vielmehr die eines eingesperrten Kindes. „Sie haben mich hier zwei Tage allein gelassen, ohne Essen oder Trinken!", rief Paolo anklagend. In diesem Satz bemerkte Paulus, wie sehr diese Isolation Paolos Zeitgefühl durcheinander wirbelte. „Was ist vorletzte Nacht hier passiert?", wollte Paolo dann wissen. Jetzt wird es brenzlig! Wenn er auch nur vermutet, dass seine „Brüder" das Haus angegriffen hatten, würde er zuversichtlicher, gerettet zu werden, und dann würde er es sicher nicht mehr für nötig halten, mit ihm zu reden. „Essen Sie doch erst einmal!", rief Paulus und schob ihm das Baguette unter den Gitterstäben hindurch. „Was war los?", hakte Paolo nach, während er ausgehungert das Baguette zu essen begann. Paulus wusste nicht, was er sagen könnte „Na ja", begann er. Dann kam ihm eine Idee, wie er die Ereignisse so drehen konnte, dass Paolo sogar ihn und sein Gefängnis als Schutz sehen würde! „Das Haus ist angegriffen worden. Ich dachte erst, es seien Vandalen, aber den Graffitischriftzügen und -symbolen nach zu urteilen, waren das radikale Linke." Er bemerkte, dass Paolo, der sein Baguette im Stehen aß, einen kleinen Schritt zurückging wie ein kleiner Junge, dem gegenüber man den Namen eines ungeliebten Onkels erwähnte. „Radikale Linke?", echote er nuschelnd mit vollem Mund. „Radikale Linke", bestätigte Paulus und fügte hinzu: „*Tod den Nazis*', und so was klingt für mich nach Linksextremisten." Und jetzt mache ihm klar, dass er bei dir sicher ist!, dachte Paulus, als er im Plauderton erzählte: „Ich habe das

Haus einbruchssicher für uns aufgerüstet. Ich habe einen Bewegungsmelder mit hellem Lichtstrahler eben erst aufgehängt, so dass wir rechtzeitig gewarnt sind. Außerdem habe ich meinen Hund Andor mitgebracht." Paulus benutzte bewusst das solidarisierende „Wir", um die Beziehung zwischen ihm und Paolo gezielt zu stärken.

Paolo würgte einen Bissen Baguette herunter. „Sind Sie sicher, dass es keine Kahlköpfe waren?", fragte er mit starrem Blick. Paulus zuckte leicht zusammen, hoffte, dass Paolo das nicht bemerkte. Doch der wartete erst gar keine Antwort ab, sondern sagte etwas, womit Paulus nie gerechnet hätte: „Hören Sie, Herr Paulus, ich bin Mitglied der Hairesis-Initiative. Sie müssen das nicht verstehen, Sie müssen das nicht mögen. Aber ich rate Ihnen wirklich: Wenn das Mitglieder waren, die zur Initiative gehören, dann sollten Sie mich gehen lassen! Sie sind sonst in größter Gefahr, Herr Paulus!" Paulus war völlig perplex. Es war das erste Mal, dass ihn Paolo Cambiare mit Namen anredete. Doch am meisten wunderte er sich über dessen Körpersprache und Tonfall: Aus beidem sprach aufrichtige Besorgnis. Es war kein geschickter Versuch, ihn zur Freilassung zu bewegen. Vielleicht war seine Besorgnis aus einem Mitleid begründet wie das, das Wanderer für einen auf dem Weg liegenden Wurm empfinden, den sie nicht zertreten sehen wollen. Doch wie wenig Achtung Paolo auch für Paulus empfinden mochte, es war ihm nicht egal, ob Paulus lebte oder starb.

„Die Hairesis-Initiative wird mit Ihnen kurzen Prozess machen, das, was ich Ihnen über mein Denken und Fühlen berichtet habe, ist dort gang und gäbe! Sie müssen mich gehen lassen, bevor es zu spät ist!" Paulus beschloss, seine Angst vor der Sekte für diese Momente zu verbannen und das Modellieren fortzusetzen. Die Fähigkeit zu töten, war ohnehin der beste Schutz vor der Sekte.

„Was können Sie mir denn noch über sich erzählen?", griff Paulus Paolos Aussage auf. Er wollte mehr über den „Trigger" erfahren, dem siebten Schritt beim Modellierungsprozess. „Woran erkennen Sie, dass Sie *jetzt* töten können?" Paolo hatte fertig gegessen und ließ sich schwerfällig auf seine Matte plumpsen. „Sie bekommen scheinbar nie genug von diesen Schauermärchen!", sagte er. „Sie wissen es doch inzwischen so genau, Sie könnten das ja schon fast selber machen!" Wie Recht er hat, kann er sich sicher nicht vorstellen, dachte Paulus.

Paolo begann zu berichten: „Wenn ich weiß, dass ich überlegen bin. Wenn ich weiß, dass das Opfer sich nicht wehren kann, weil es den Angriff nicht erwartet. Oder weil es mir schutzlos ausgeliefert ist. Ich spüre diese Entschlossenheit in mir. Ich bin nervös. Ich will es hinter mich bringen. Es ist ein Gefühl im Bauch, das ich nicht anders interpretieren kann als ein ‚Bereit-Sein'. Vielleicht ist es auch nur eine extreme Form der Nervosität, aber was tut das schon zur Sache? Ich spüre es. Mein Mund ist trocken. Ich will es hinter mich bringen, will mich nicht mehr fragen, ob es das Richtige ist. *Es ist das Richtige!* Und *das* zu akzeptieren, befehle ich mir. Ich höre die Aufforderung in mir, stelle mir dabei meine eigene Stimme vor. Das ist der erste Befehl. Dann folgt der zweite: Ich stelle mir wieder meine eigene Stimme vor, wie sie ruft: ‚*Tu es jetzt!*'. – Dann befolge ich die Befehle. Ich kann dann töten. Und das tue ich auch."

Er streckte Paulus den Pappbecher entgegen, der schenkte ihm Mineralwasser ein.

Achter Schritt... der Kern des Verhaltens, überlegte Paulus und fragte weiter: „Was genau tun Sie? Was genau denken Sie? Was *sehen, hören, fühlen* Sie, wenn Sie es tun?" Paolo überlegte einen Moment, seine Augen verrieten, dass er ernsthaft nachdachte. „Ich sage mir: ‚Du hast lange genug nachgedacht, ob es das Richtige ist, jetzt ist Zeit zu handeln.' Ich stelle mir kurz vor, wie es danach sein wird, wenn ich mich besser fühle. Ich stelle mir dann noch einmal genau vor, wie es sein wird zu töten. Wie ich aushole, wie ich zuschlage. Dann spüre ich im Bauch ein Gefühl, das mir sagt, dass es soweit ist. Ich warte nicht auf den richtigen Moment, ich sage mir: ‚Ich bestimme, wann der richtige Moment ist!' Dann stelle ich mir immer einen Schuss vor. – Wie einen Startschuss bei einem olympischen Wettkampf. Und das ist es für mich auch." Einen Moment schwieg er, ging wohl gedanklich immer wieder in die Mordnacht zurück. „Ich konzentriere mich nur auf das Tun, nicht auf das Was-wäre-wenn, denn wenn ich an mögliche Fehler denken würde, wäre die Gefahr größer, dass ich sie mache", fuhr er fort. „Nur an das denken, was ich tun muss. Ich lenke mich trotzdem ab, wenn ich es tue, das macht es leichter. Ich sage mir: ‚Ich weiß, wie es geht! Tue es so!' Und immer wieder: ‚Du hast dir lange genug überlegt, ob es das Richtige ist. Es ist das Richtige! Mach also weiter, zieh es durch!'"

Schweigen in dem dunklen Orkus. Paulus' Mund war trocken, er nahm selbst einen Schluck Mineralwasser aus einem Pappbecher – und hätte das Wasser fast in einem Schwall durch den Keller gespuckt, so überrascht war er! In dem Moment, in dem er, Norman Lukas Paulus, den Becher an die Lippen hob, tat es ihm der Mörder Paolo Cambiare gleich! Eine kleine Geste mit großer Bedeutung. Freunde, die man in Cafés beobachtet, trinken unbewusst nahezu gleichzeitig, Eheleute greifen nahezu gleichzeitig zum Glas, eben Menschen, die sich emotional nahe stehen. Es war eine Form des Spiegelns, so wie Paulus es bislang gezielt mit der Sitzhaltung und dem Wiederholen von Wörtern eingesetzt hatte. Doch dieses Spiegeln, diese ungewollte Sympathiebekundung, ging von Paolo aus! Paulus ließ sich nichts anmerken. In dieser Nacht lernte er noch viel über Paolo Cambiare, den er schon bald töten musste, wenn er selbst überleben wollte.

Kapitel 25

In dieser Nacht brach ein Damm in Paolo Cambiare. Das spürte Norman Paulus. Paolo erzählte, redete sich alles Mögliche von der Seele. Seine Sympathie war inzwischen beinahe von jener Art, wie sie oftmals zwischen Folteropfer und Folterern entsteht: Sympathien bis hin zu Zärtlichkeiten nach den Misshandlungen, grotesk perverse Zuneigungen in einem unmöglichen Kontext, so erschien Paulus das alles. Paolo redete und redete. Er erzählte ihm, dass sein Sternzeichen Zwilling war, und dass sein Familienname aus dem Italienischen übersetzt „Wandlung" bedeutete. Das passt, dachte Paulus, als Paolo weiterredete, und von seinen Anfängen bei der Hairesis-Initiative berichtete. Es war das typische Schicksal, wie es Sektenopfer widerfährt: die übliche „Wandlung" vom freien Menschen zum geschliffenen Zahnrädchen im monströsen Machtapparat der Sekte. Wie andere Sektenopfer hatte sich Paolo zunächst angenommen, wohl- und endlich verstanden gefühlt. Er sah sich schon damals selbst als einen Gewinnertyp, mit aufsteigender Linie im Leben, der Herausforderungen annahm. *„Zwilling"*, dachte Paulus. Das war auch sein Sternzeichen. Die grundsätzliche Lebenseinstellung Paolos, das musste er zugeben, ähnelte sogar seiner eigenen. Selbst Paolos Motivation, den Lehrerberuf zu ergreifen, glich seiner Motivation, Coach zu werden: „Ich helfe gerne Menschen, sich erfolgreich zu entwickeln!", erklärte Paolo. Waren sie beide in gewisser Form Zwillinge? – Sie ähnelten sich. Und das Überwinden der Tötungshemmung war ebenfalls etwas, das Paolo einst hatte lernen müssen...

Der biblische Saulus hatte einst in Damaskus seine Erleuchtung erlebt. Er war vom Saulus zum Paulus geworden. Vom christenverfolgenden Pharisäer zum Apostel, einem guten Menschen, der das Wort Gottes verbreitete.

War er, Paulus, nun im Begriff, vollständig die entgegengesetzte Entwicklung zu machen? Einen *„Saulus-Effekt"* zu erleben?, überlegte er. Er hasste diesen Menschen hinter den Gitterstäben immer noch. Er hasste das Töten. Doch er wusste auch, dass er grundsätzlich töten

konnte. Seine Abneigung dem Töten gegenüber war der Beweis: Wenn nicht die Grund-
voraussetzung zu einem Mörderdasein in ihm
steckte, könnte er sich, rein psychologisch gesehen, gar nicht über einen Mörder aufregen.
Er würde dieses störende Gefühl gar nicht erkennen können. Etwas steckte also in ihm,
konnte weiter ausgebildet, trainiert, entfesselt
werden. Paulus schüttelte den Kopf. Auch wenn
selbst der Name Paolo nur die italienische
Form seines eigenen Nachnamens war, so gab
es doch, selbst wie bei wirklichen Zwillingen,
Unterschiede zwischen ihnen. Paolo war im
Herzen auch ein Karriere-Soldat. Er war bereit
zu kämpfen, sich unterzuordnen, zu dienen,
nur um in der Hierarchie aufzusteigen, weiter-
zukommen, höchste Ziele zu erreichen. Er war
das, was man einen „autoritären Charakter"
nannte. Er verachtete das Alte, Schwache,
Kranke. Schon als Kind hatte er nichts mit Behinderten, Benachteiligten anfangen können,
hatte sie, aus ihm unerfindlichen Gründen,
gehasst. Und er hatte als Erwachsener Angst
bekommen, seinen Wohlstand, seinen Status,
seine Gesundheit, sein Ansehen zu verlieren.

Die Hairesis-Initiative hatte ihm in dieser Zeit Halt geboten.

Paulus fiel es allmählich schwer, ihm zu folgen. Paolo redete immer noch, redete mit starrem Blick. Ob seine Worte allerdings an ihn, Paulus, gerichtet waren, da war sich Paulus irgendwann in dieser Nacht nicht mehr sicher. Paulus hätte eine Checkliste mit Sektenkriterien abhaken können, alles was Paolo über die Hairesis-Initiative berichtete, traf zu.

Die Gemeinschaft reduzierte die Kontakte ihrer Mitglieder zu Nichtmitgliedern auf ein Minimum. Das soziale Umfeld des neuen Mitglieds bestand praktisch nur noch aus Sektenmitgliedern.

Geheiratet wurde ausschließlich unter den Sektenmitgliedern. „Um die Erbgesundheit zu gewährleisten", ergänzte Paolo, als sei es das Selbstverständlichste auf der Welt. Paulus ließ ihn reden. Er hätte ihn unterbrechen müssen, um etwas zu sagen. Doch eine Diskussion hätte nichts gebracht. Sekten neigten dazu, dass ihre Mitglieder Kritik durch Außenstehende als Beweis dafür betrachteten, dass die Gruppe Recht hatte. Und selbst wenn sich hier unten in der Einsamkeit des Orkus bei Paolo Zweifel

einschlichen, so würde sich ein weiterer ein-
programmierter Mechanismus der Sekte ein-
stellen, davon war Paulus überzeugt: Paolo
würde sich für die Zweifel verantwortlich machen. Weil er nicht fest genug glaubte. Weil er
sich nicht genug engagierte. Die Sekte hatte
und behielt immer Recht, blieb immer unan-
tastbar in ihrer „richtigen Sicht" auf die Welt.
„Töten ist ein Naturgesetz. Es muss so sein.
Wenn ich die Gelegenheit habe, etwas zu töten,
ist mir diese Kreatur doch unterlegen, dann ist
es Teil der Auslese, dass ich töte!", erklärte
Paolo in einem beschwörenden Tonfall. Paulus
schwieg. Wenn das so ist, dann richte ich dich
nach deinen eigenen Maßstäben, überlegte er.
Das Gefühl, das Richtige zu tun, war in Paulus
so stark wie nie.

Kapitel 26

Als Norman Lukas Paulus am nächsten Morgen
die Augen aufschlug und die Vögel des Waldes
zwitschern hörte, war er mit zwei grotesken
Ideen aufgewacht, wie er den Modellierungsprozess perfekt machen könnte. Es war übertrieben, geradezu bizarr, das wusste er. Aber er

wusste auch, dass das Umsetzen dieser Ideen ihm noch mehr ermöglichen würde, sich Paolo Cambiares Innenleben zu nähern.

Eine Dreiviertelstunde später befand er sich bereits in der Düsseldorfer Innenstadt. Zwischenzeitlich hatte er alle Institutstermine gegen den Protest seiner Sekretärin abgesagt. Er musste sein „Modellier-Projekt" zu Ende bringen! Das war wichtiger als alles andere! Doch er spürte, dass die Fahrt in die Düsseldorfer Innenstadt auch eine Flucht gewesen war: weg von dem bedrückenden Haus im Wald, hinein in das pulsierende Stadtzentrum.

So erwischte sich Paulus auch dabei, wie er länger als nötig über die bereits belebte Königsallee schlenderte, in die Schaufenster blickte und Passanten beobachtete, die über die Nobelmeile im morgendlichen Sonnenschein flanierten.

Nachdem ich mich den Eindrücken der Hairesis-Initiative ausgeliefert habe, muss ich noch mehr Sinneseindrücke von Paolo Cambiare nachempfinden, wiederholte Paulus seine Idee während des Spaziergangs. Beim Neurolinguistischen Programmieren fragt der Coach auch nach Geschmäcken und Gerüchen. Jene, die Paolo Cambiare wahrgenommen hatte, wollte Paulus nun ebenfalls erleben. – Bis ins Detail. Er wusste, dass es übertrieben war, doch das störte ihn nicht. Er würde gleich mit dem Rauchen anfangen. Mit dem „Genussrauchen", wie ihm Paolo letzte Nacht noch erklärt hatte: „Ab und zu eine Zigarette und ein Latte Macchiato. Das ist ungesund, muss aber auch mal sein!", hatte er aus seinem Leben geplaudert. Und: „So etwas gönne ich mir zur Ablenkung und Beruhigung, wenn ich weiß, dass ich bald eine Mission ausführen muss. Denn dann habe ich auch immer ‚Lampenfieber'." Mit „Mission" hatte er einen Mord gemeint. Und was er mit „Lampenfieber" umschrieben hatte, spürte Paulus selbst auch als ruheloses Aufgewühltsein in der Magengegend. Kurze Zeit später saß er auf einer Außenterrasse eines Cafés am Burgplatz, unweit des Schlossturms: Geradeaus vor ihm der Rhein, links, in weiter Entfernung am Ende der Rheinuferpromenade, der Medienhafen, rechts das Dreieck der Oberkasseler Brücke aus Pfeiler, Stahlseilen und der daran hängenden Fahrbahn. Ein fröhlicher Sommermorgen in Düsseldorf begann, doch der Optimismus des neuen Sommertages wollte nicht so recht auf Paulus überspringen.

Doch die Zigarette und der heiße Latte Macchiato halfen ihm tatsächlich, wider seiner Erwartungen sich zu entspannen.

Gut fünfzehn Minuten saß er da, rauchte mit ungewohntem Genuss und nippte am Kaffeeglas.

Dann ging es weiter. Paulus hatte eine noch extremere Idee: Er wollte den Geruch des Mörders wahrnehmen, – dessen Körpergeruch. Auf dem Weg durch die noch schlafende Altstadt, vorbei an der Andreas Kirche, musste er an Patrick Süskinds Roman „Das Parfüm" denken. Da tötete der von Düften besessene, vielleicht verrückte Jean-Baptiste Grenouille junge Frauen, um deren Geruch zu stehlen...

Er wollte einem Verrückten den Geruch stehlen, um ihn dann zu töten. Paulus schüttelte über sich selbst den Kopf. Aber warum sollte er das *nicht* tun? – Er bog in eine kleine Seitenstraße der Altstadt und durchquerte sie. Dort versteckte sich in einem windschiefen Backsteinhäuschen ein Kostümladen.

„Kann ich Ihnen helfen?", fragte ein dicker Mann, über dessen mächtigem Bauch sich ein schwarzes Star Trek T-Shirt spannte. „Ich wollte mich erst einmal umschauen, danke!" Paulus blickte systematisch umher: Hier fand sich alles, was er in der Karnevalshochburg Düsseldorf erwartet hätte, aber nichts von dem, was er suchte! Dann fiel sein Blick auf einen Nebenraum.

Schwarze Kostüme, die Horrormaske aus dem Film „Scream" begrüßten ihn aus den Regalen. Schwerter, Rüstungen, Raumanzüge... alles nicht das, was er suchte, brauchte...
Er wollte sich gerade umdrehen und gehen, als er es im Augenwinkel sah. – Im untersten Regal. Er hockte sich hin, zog es heraus: ein „guantanamooranger" Gefangenenoverall aus dünnem Plastik, dazu Saunalatschen, wie man sie aus Dokumentationen über das Gefangenenlager der USA auf Kuba kannte. Das war es, was er brauchte! Er konnte Paolo dazu zwingen, ihn zu tragen, um so unauffällig an dessen Kleidung zu gelangen, – und damit an den Geruch des Mörders, ohne das dieser es bemerken würde.
Dass er, Paulus, allmählich verrückt werden könnte, zog er in den Momenten, in denen er den Gefangenenanzug in seiner durchsichtigen Folienverpackung in den Händen drehte, gar nicht in Betracht.
Leuchtend orange. Wie die Gefahrenaufkleber auf Chemikalienflaschen. *Achtung! Gefährlicher*

Inhalt!, schien das Orange zu schreien. Die Gefangenenkleidung, die Rolle, die Paulus Paolo so zuordnete, würde sicher das Vertrauensverhältnis abkühlen, das wusste Paulus, aber das wollte er auch so. Nähe und Distanz, das war ein kompliziertes Ausbalancieren, Herumexperimentieren, Korrigieren. Er brauchte jetzt etwas Distanz, und dieser orangefarbene Gefangenenoverall würde ihm dabei helfen.

„Dass ich das Ding doch noch loswerde!", brummte der Verkäufer hinter ihm. „Wen wollen Sie denn einbuchten?" Paulus richtete sich auf und hielt ihm den Overall zum Bezahlen hin. „Ich habe schon einen Gefangenen. Er wohnt bei mir im Keller!", erklärte er ihm. Der Verkäufer lachte.

Kapitel 27

Die Zigarette und der Latte Macchiato haben auf mich dieselbe beruhigende Wirkung wie auf Paolo Cambiare, dachte Paulus, während er sich durch das geschäftige Treiben des Düsseldorfer Hauptbahnhofs drängte. Er hatte sich den gleichen sinnlichen Eindrücken ausgesetzt und spürte nun zumindest sehr vergleichbare innere Zustände wie Paolo Cambiare ihm geschildert hatte. Das würde den Modellierungsprozess unterstützen.

Als er aus dem Bahnhof auf den Bertha-von-Suttner-Platz trat, wechselten seine Gefühle zu einem ruhelosen Unbehagen in der Magengegend. Nicht weit von hier war „es" passiert, hatten diese bizarren Ereignisse ihren Ursprung genommen. Er blieb kurz stehen, atmete bewusst tief ein und betrachtete einige Momente das Treiben auf dem von modernen Großstadtbauten umrahmten Platz: Passanten gingen an den flachen Edelstahlkunstwerken vorbei, jugendliche Skater schlidderten mit ihren Brettern über die Ränder der Brunnenbassins. Alles schien so wie immer. Doch nichts war mehr so wie früher. Nun musste Paulus allerdings so tun, als ob es so wäre. Er wollte in sein Institut.

Ein Stapel unbeantworteter Post wartete auf seinem Schreibtisch. Paulus sichtete die Absender. Ihm wurde schlecht. Firmenkunden. – Genau genommen, gut zahlende Firmenkunden, mit denen er längst hätte Kontakt aufnehmen sollen. Nein, nicht sollen – *müssen*! Einen Moment starrte er auf den Stapel Briefe, der sich vor ihm häufte wie Holzscheite für ein Lagerfeuer, bereit angezündet zu werden.

Es klopfte. Paulus rief mit gereizterer Stimme als beabsichtigt „Herein!". Es war seine Sekretärin. Er wollte ihr am liebsten nicht zuhören. Latente Vorwürfe, geplatzter Termin hier, geplatzter Termin da... Irgendwann reichte es Paulus. „Ja, ich habe verstanden! Machen Sie Ihren Job anständig, dann haben wir weniger Probleme!", hörte er sich plötzlich brüllen. Das überraschte ihn genauso wie seine Sekretärin, deren Gesicht völlige Fassungslosigkeit ausdrückte. Dann schüttelte sie verzweifelt den Kopf. „Irgendetwas ist anders mit Ihnen geworden, Herr Paulus!" Er hörte ihr mit selbst für ihn überraschendem Desinteresse zu. „Sie sind nicht mehr der alte Herr Paulus. Sie bewegen sich sogar anders, irgendwie aggressiver. Aber viel schlimmer: In Ihren Augen ist etwas anders. Etwas, das wir hier nicht kannten! Die anderen haben es auch gemerkt. Es ist so, als seien Sie ein anderer Mensch geworden. Ehrlich gesagt: Wir haben Angst vor Ihnen."

War es das, was er glaubte? – Hatten die Modellierungsprozesse bereits in ihm zu wirken begonnen? Er hatte immer und immer wieder über die Dinge nachgedacht, die Paolo ihm gesagt hatte... Er hatte sich damit beschäftigt, hatte sie nachvollzogen... War das Ergebnis bereits für andere spürbar? War es für Außenstehende eventuell sogar sichtbarer als für ihn selbst? Paulus massierte sich die Schläfen, als habe er Migräne. War das der Grund, warum Paolo Cambiare inzwischen so verhältnismäßig viel Sympathie für ihn empfand? Ähnelten sie sich inzwischen nicht nur in der Körpersprache?

Kapitel 28

Als Paulus die Glitzerfassaden Düsseldorfs wieder gegen die verwitterten Mauern seines Waldhauses eintauschte, überkam ihn erneut das lähmende Gefühl, das in ihm gewachsen war, seit er im Haus seiner Eltern mit dem Bau des Käfigs begonnen hatte, seit er den Keller zum „Orkus" gemacht hatte.

Andor bellte fröhlich, begrüßte ihn überschwänglich und leckte Paulus die Hand. Ein Lichtblick in dieser Hölle, dachte Paulus und streichelte über Andors warmen Kopf. „Ich muss noch etwas erledigen, dann essen wir zusammen, okay?" sprach er mit dem Tier, das wie eine ägyptische Statue vor ihm saß. Andor bellte, steckte seine Hundenase in die Einkaufstüte, die Paulus mit sich trug. Darin lag der orangefarbene Gefangenenoverall. „Hast ja Recht", murmelte Paulus. „Ich sollte mit der Arbeit fortfahren, damit ich endlich fertig werde."

Paolo Cambiare stemmte in seinem Käfig Liegestützen. Er ignorierte Paulus zunächst, wandte sich ihm erst zu, als er wohl eine selbst gesteckte Anzahl der Leibesübungen absolviert hatte. „Und was wollen Sie heute wissen?" fragte er und nahm die Papiertüte mit dem Hamburger und den Fritten durch die Gitterstäbe entgegen. Paulus schob ihm den in durchsichtiger Folie eingeschweißten Gefangenenoverall unter den Stäben hindurch. „Sie tragen schon seit Tagen dieselbe Kleidung. Bitte nehmen Sie es mir nicht übel, dass ich Ihnen keine Kleidung von mir überlasse. Ich möchte Sie bitten, diese hier zu tragen. Wenn ich Sie freilasse, werden Sie selbstverständlich ihre eigene Kleidung zurückbekommen", erklärte Paulus. Paolo starrte auf den Gefangenenoverall. „Sie sind doch verrückt!", entfuhr es ihm. „Völlig verrückt! Das ziehe ich nicht an!" „Folgender Kompromiss", schlug Paulus vor. „Ich verlasse den Raum. Sie kleiden sich um, und ich bringe Ihre Kleidung zur Reinigung. Danach erhalten Sie sie zurück. Es ist also nur übergangsweise so." Paolo schüttelte den Kopf. Doch es war ein Kopfschütteln, das weniger ein „Nein" als vielmehr eine Feststellung von Paulus' Verrücktheit bekräftigte. „Vorübergehend!", unterstrich Paolo.

Als Paolo Cambiare Paulus fünf Minuten später mit seinem kahlgeschorenen Kopf in dem orangenen Gefangenenoverall im Käfig gegenübersaß, lag eine bedrückende Atmosphäre im Orkus. Paulus wusste, dass es nicht seine Autorität, sondern nur das Verhandlungsgeschick gewesen war, das sich durchgesetzt hatte. Paolo Cambiare war so obrigkeitshörig wie ein Hitlerjunge im Dritten Reich, doch galt seine ganze Hörigkeit dem „Führer" der Hairesis-Initiative. Typisch für Sekten: Den Verlautbarungen der Sektenführung wird hohe Aufmerksamkeit zuteil, sie ist absolut und keiner übergeordneten Instanz verantwortlich. Die Führung ist praktisch für jede denkbare Frage zuständig und kompetent. Ihr hatte sich Paolo Cambiare unterworfen - ihm nicht. Er konnte nur argumentieren und feilschen, sein Führer konnte befehlen. Auch wenn er, Paulus, hier im Orkus der Überlegene war, so hatte Paolo keine Hemmungen zu widersprechen, was er – wie bei Sektenmitgliedern üblich – gegenüber der Führung nie wagen und tun würde.

„Was wollen Sie denn heute wissen?", fragte Paolo genervt, der das Gespräch wohl als einen Weg sah, Paulus danach eine Zeit lang loszuwerden.

Paulus war im Modellierungsmodell bis zu Schritt neun, dem „Test", vorgedrungen. „Woran erkennen Sie, dass es Zeit ist aufzuhören, vom Opfer abzulassen?", wollte er nun wissen.

„Das Opfer ist tot. Oder ich sehe, dass es seinen Verletzungen erliegen wird. Blutung, Verfärbung von Lippen und Haut sind dabei gute Orientierungspunkte", erklärte Paolo. Paulus bemerkte in dessen Gesicht und dessen Stimme, dass er nicht stolz darauf war. Im Gegenteil: Sein distanzierter Tonfall war für Paulus ein Indiz dafür, dass Paolo Cambiare nicht glücklich über das Ganze war, dass er eine innere Barriere dazu aufbauen wollte. Er sprach beinahe unbeteiligt, mit monotoner, schleppender Stimme weiter: „Ich sehe mir das Opfer an, achte speziell auf diese Dinge. Ich fühle eventuell kurz den Puls an der Halsschlagader, da finde ich ihn leicht. Ich nehme mir fünf Sekunden Zeit für die Analyse. Mehr nicht. Diese Sekunden zähle ich innerlich. Ich zähle dabei rückwärts: ‚fünf – vier – drei – zwei – eins' – *Zeit zu verschwinden!* Ich will nicht die Gefahr eingehen, gesehen zu werden. Das würde alles nur noch viel komplizierter machen. Zeit abzutauchen. – Ende.“

Paulus nickte, versuchte, das Gesagte innerlich nachzuvollziehen. Er stellte sich vor, es selbst zu tun, spürte dabei innerlich die sinnlichen Eindrücke nach, die Paolo ihm beschrieben hatte... Die inneren Befehle, der innere Start-schuss... Alles, was der Mörder ihm in den Szenarien beschrieben hatte, machte Paulus in der eigenen Gedankenwelt lebendig, durchlebte es... Dann fuhr er mit dem zehnten Schritt des Modellierens fort: „Was genau tun Sie? Welche Handlungen und welches Verhalten könnten Sie selbst beobachten, wenn Sie sich dabei zu-sähen?“

Paolo prustete, überlegte, versuchte sich zu er-innern und in Gedanken die Perspektive zu wechseln, um sich so zu sehen, wie ihn niemals ein Mensch beobachten sollte... „Gute Frage!

Woher soll ich das wissen?" „Überlegen Sie doch einfach. Sie haben getötet oder ihr Opfer schwer verletzt. Wie sind ihre Bewegungen? Was tun Sie?", versuchte Paulus ihm zu helfen. „Ich beuge mich über das Opfer. Ich bewege nur die Augen und überprüfe alles, was von Bedeutung ist: Haben sich die Lippen bläulich verfärbt? Ist die Haut fahl geworden? Bewegt sich das Opfer überhaupt noch? Oder zuckt es krampfhaft? – Nur meine Augen bewegen sich. Sonst stehe ich völlig unbewegt da, beobachte. Dann strecke ich die Hand aus. Die linke. Ich bin Rechtshänder, da halte ich die Waffe. Deshalb die linke Hand, ich will keine Zeit verlieren! Ich berühre den Hals. Dann ziehe ich die Hand zurück. Und dann drehe ich den Kopf – ruckartig wie ein Vogel. Links schauen, rechts schauen. Vorne, hinten. Ich richte mich auf. Ich atme tief ein, mein Brustkorb bläht sich, füllt sich mit Luft, bevor ich laufe oder schnell gehe, je nachdem, was angemessen erscheint, was weniger verdächtig ist."

Eine Weile schwiegen Sie beide. Das erschien alles sehr plausibel, dachte Paulus. „Ich danke Ihnen!", beendete er schließlich das Gespräch und stand auf, um zu gehen. „Moment, bitte!", rief Paolo. Paulus sah ihn an. „Könnten Sie bitte das Licht anlassen? Ich schlafe sonst ein!" „Es ist Abend!", entgegnete Paulus. Vermutlich hatte Paolo inzwischen sein Zeitgefühl hier unten völlig verloren. „Tatsächlich?", Paolo schien überrascht. „Es ist so: Ich will nicht schlafen!", erklärte er. „Als ich mich anfangs mit der Hairesis-Initiative beschäftigte, ging es los, dass ich Albträume bekam." „Erzählen Sie mir davon!", bat Paulus. Zu seiner Verwunderung tat Paolo es. Er schien erleichtert zu sein, darüber zu reden. Paulus wurde dabei das Gefühl nicht los, dass Paolo Cambiare zum ersten Mal überhaupt von seinen Ängsten redete. Dass er sich ausgerechnet dem Mann anvertraute, der ihn am meisten hasste, der es für überlebensnotwendig hielt, ihn zu töten.

Der Albtraum war der Beweis dafür, dass sich nicht viel Kraft hinter der Protzfassade von Paolo Cambiares arrogantem Auftreten verbarg. Es war ein bizarrer Traum voller Ängste, in dem die Rassenideologie der Hairesis-Initiative Gesichter bekam. Ein Albtraum über den Weltuntergang, den die Kranken und Schwachen zu verantworten hatten. Und ein Albtraum über die „Selbstverteidigung" gegen diese Apokalypse. Ein Traum, der auf verschlungenen Pfaden einem rassistischen Weltbild beipflichtete, dessen Botschaft war: *„Entweder die sterben oder ich".* „Als ich das erste Mal aus diesem Albtraum erwachte, wusste ich, dass ich ein anderer Mensch geworden war", beendete Paolo Cambiare seine Erzählung.

Kapitel 29

Vor Paulus mitten auf einer sattgrünen Wiese sitzt ein alter Mann. Bäume stehen um sie herum, schwer behangen mit prallen Äpfeln und Birnen, ein blauer See liegt nicht weit von ihnen, die Sonne scheint hell.

Der alte Mann wirkt krank, lange, dünne Haare hängen auf seine knochigen Schultern. Er trägt ein weißes Krankenhausnachthemd voller Flecken.

Paulus fühlt sich stark. Bienen krabbeln über seine Hände, er spürt das Krabbeln ihrer Beine im Haar, im Nacken, auf der Stirn. Die Tiere tun ihm nichts, gehorchen ihm, das weiß er. Er ist ihr Führer, er befehligt die Armee der Stechinsekten.

Zwischen ihm und dem Alten erhebt sich eine Pyramide aus rotglänzenden Äpfeln. Der Alte streckt seine fleckige Hand aus, nimmt den ersten Apfel, nimmt den zweiten.

Paulus sieht ihm zu. Der Alte baut die Pyramide ab, legt die Äpfel auf seinen Schoß.

Dann der faulige Gestank. Er weht vom See herüber: Die kleinen Wellen spülen tote Fische an den flachen Sandstrand. Immer mehr Kadaver verrotten, verfaulen vor Paulus' Augen. Der Alte nimmt immer mehr Äpfel. Dann klatscht es neben Paulus. Eine Birne ist vom Baum gefallen. Sie ist faul, ungenießbar. Plötzlich klatschen unendlich viele Birnen, auch Äpfel, auf das Gras von allen Bäumen um sie herum. Der Alte nimmt immer mehr Äpfel von der Pyramide. Paulus sieht sich verzweifelt um: Das Gras ist gelb, vertrocknet, spröde. Als er sich zurückdreht, sitzen zwei Alte vor ihm und nehmen Äpfel. Dann verdunkelt sich die Sonne, der Himmel wird schwarz, nur noch eine Korona ist zu sehen wie bei einer Sonnenfinsternis. In der plötzlichen Dunkelheit sieht Paulus plötzlich drei Alte und nur noch wenige Äpfel. In dem Moment wird ihm klar, dass er sterben wird. Dass der letzte Apfel, den einer der Alten nimmt, sein Tod bedeuten wird.

Der letzte Apfel! Paulus greift danach, ebenso ein Alter. Sie streiten, fluchen, Paulus schafft es, den Apfel an sich zu reißen. Dann greift er an. *Entweder die oder ich! Es gibt nicht genug Äpfel! Wenn die alten Kranken sie bekommen, geht die Welt völlig unter!* Sie streiten, die Alten schlagen auf ihn ein. Dann ein wütendes Summen, die Luft scheint zu vibrieren. *Bienen!* Paulus' Bienen stürzen sich auf die Alten, töten sie qualvoll mit unzähligen Stichen. Paulus sammelt die Äpfel ein, bringt sie auf seine Seite. *„Die oder ich"*, ruft er immer wieder durch die Dunkelheit.

Schweißnass und mit rasendem Herzen erwachte Paulus aus diesem Albtraum und wusste, dass er dieselben Ängste hatte wie Paolo Cambiare. Es war dessen Albtraum, übersetzt in die eigene Bilderwelt von Paulus' Seele und doch dem Traum von Paolo sehr ähnlich.

Was hatte Paolo ihm vor wenigen Stunden gesagt? „Als ich das erste Mal aus diesem Albtraum erwachte, wusste ich, dass ich ein anderer Mensch geworden war."

Kapitel 30

Was für ein widerlicher Traum! Doch spiegelte er zugleich das Weltbild der Hairesis-Initiative wider, wie Norman Lukas Paulus es verstand. Er hasste diese Initiative! Er hasste ihr menschenverachtendes Weltbild! Paulus stand vom Sofa auf und begann hellwach im Zimmer auf und ab zu gehen wie ein Löwe im Käfig. Diese Initiative war so anmaßend zu behaupten, etwas Besseres zu sein. Doch das war falsch. *Sie* waren es, die schlecht waren! *Sie* waren es, die sich selbst zu minderwertigen Kreaturen machten, indem sie andere Menschen – indem sie nahezu die gesamte Weltbevölkerung – abwerteten! Paulus' Verachtung stieg! Ja! Wer so dachte, wer sich wirklich für etwas Besseres hielt, der entwertete sich für Paulus zutiefst. Wer glaubte, Töten sei ein Naturgesetz, der verdiente es nicht, von seiner eigenen Logik verschont zu werden!, überlegte Paulus. Er verspürte Wut und den Wunsch, die Gesellschaft vor solchen Unmenschen zu schützen. Er spürte, wie sich der Plan, Paolo zu töten, verfestigte wie nie zuvor. *Es war richtig!* Denn nur so konnte er dieser Hairesis-Initiative eine Grenze setzen. Er war nicht so größenwahn-

sinnig, dass er glaubte, die Welt retten zu können. Doch er würde so seinen Beitrag leisten,
dachte Paulus. Das Töten von Paolo Cambiare
würde seine Stärke, seine Entschlossenheit und
Überlegenheit unmissverständlich zeigen. Es
würde ihn also retten und zugleich der Hairesis-Initiative eine Lehre sein. Und vor allem: Es
war gerechtfertigt. Sein Blutgericht folgte den
eigenen Gesetzen der Hairesis-Initiative! Mit
einem wichtigen Unterschied: Er, Norman Lukas Paulus, wusste, dass es nicht Menschen mit
„erblichen Mängeln" waren, die Gift für die Gesellschaft darstellten, sondern Kreaturen mit
gefährlichen Ideologien! Und mindestens eine
von ihnen durfte er stellvertretend töten, musste er töten! Wenn er das tat, dann war das nichts
als das Anwenden ihrer eigenen Ideologie...

Norman Lukas Paulus durchlebte diese Gedanken in einem Zustand der inneren Ruhelosigkeit. Dass er sich die Logik der Sekte, deren
Werte, deren Denken angeeignet hatte, dass er
wie jede Sekte für sich selbst das Recht in An-
spruch nahm, „im Besitz der Wahrheit" zu sein,
bemerkte er nicht. Und vor allem bemerkte er
nicht, dass er in diesen Momenten vom Paulus
zum Saulus wurde.

Kapitel 31

Paulus war wütend, er boxte in das Kopfkissen auf seinem Schlafsofa. Diese verdammte Sekte! Die Schweine können etwas erleben!, dachte er. Dann stutzte er. Etwas war anders. Es war heller, durch die Fenster schien Licht, jemand hatte den Bewegungsmelder ausgelöst! Dann bellte Andor in der Diele. Es war ein aufgeregtes Bellen. Paulus' Hände verkrampften sich zu Fäusten. Waren die Kerle wieder da draußen? „Ihr könnt Euch auf etwas gefasst machen!", knurrte Paulus. Dann setzte Trommeln gegen seine Haustür ein. Es war beängstigend laut, doch das Holz hielt stand. Einen Moment überlegte Paulus, was er tun könnte, dann sah er die Silhouette eines Mannes direkt am Fenster, bevor es auch schon dunkel wurde. Sie verhängten die Scheiben. „Jetzt seid Ihr dran! Jetzt seid Ihr dran...!", murmelte Paulus immer wieder, während er in die Diele zu Andor lief. Der Angriff konzentrierte sich auf die Gebäudefront. Er würde sich aus der Hintertür schleichen, abschließen und dann mit Andors Hilfe einen von ihnen packen. Sie würden den Kerl erst wiederbekommen, wenn sie abzogen, plante Paulus, während er sich ein Bundeswehrmesser, wie man es in jedem Armeeshop kaufen konnte, gut sichtbar an den Gürtel schnallte. „Jetzt geht es los!", sagte er und öffnete die Hintertür.

Dunkelheit.

Ruckartig sah er sich um.

Niemand.

Mit einer Kopfbewegung befahl er dem Hund ihm zu folgen, dann legte er einen Finger auf die Lippen. Andor musste unbedingt ruhig bleiben! Anderenfalls würde die ganze Glatzenbande schnell auf ihn aufmerksam, und das wäre lebensgefährlich. Paulus schloss die Tür ab. Dann schlich er los. Er hörte harte Männerstimmen, jemand rief knappe Befehle. Paulus suchte mit Blicken den Waldrand ab, ging weiter, als es plötzlich wieder hell wurde! Nun war er selbst in den Radius des Bewegungsmelders getappt! Verdammt! Er drückte sich gegen die Wand. Nichts passierte. Wahrscheinlich waren die Kerle zu beschäftigt. Dann sah Paulus einen Glatzkopf. Er lief allein in die Dunkelheit der Zufahrtsstraße, wo Paulus die Fahrzeuge der Bande vermutete. Sollte er ihm folgen? Oder würde er ins offene Messer laufen? Würden dort noch mehr von den Kerlen warten? In

Paulus keimte bereits die Überlegung, sich schnell wieder im Haus zu verbergen, als Andor losschnellte. Der Hund war nicht mehr als ein lautloser Schatten, der auf den Zufahrtsweg zujagte. Paulus schluckte, blickte kurz um die Gebäudeecke wie ein Soldat. Dann rannte er. *Jetzt oder nie!*, rief es in ihm. Für einige Sekunden war er ohne Deckung. Dann verschlang ihn bereits die Dunkelheit des Tunnels aus Bäumen, die die Zufahrtsstraße begrenzten. Er rannte. Dann sah er den Schatten des Mannes direkt vor sich, der fluchend mit einer Stablampe auf Andor einschlug. Das Licht der Lampe zuckte umher, für einen kurzen Augenblick leuchtete die Lampe dem Mann direkt ins Gesicht. Es war der höfliche Glatzkopf, der Paulus durch das Gebäude der Hairesis-Initiative geführt hatte! „Du blödes Arschloch!", knurrte Paulus. Der Glatzkopf, geblendet von der eigenen Lampe, taumelte orientierungslos zur Seite, fing sich und sprang in die Büsche. Paulus folgte ihm. Wie im Jagdrausch, wetzte er ihm hinterher. Sein Verstand war ausgeschaltet. Er fragte sich nicht, warum der Kerl nicht um Hilfe schrie. Er fragte sich auch nicht, ob er ihn in eine Falle lockte.

Äste peitschten ihm durch das Gesicht. Der Boden war weich. Paulus rannte. Irgendwann spürte er kalte Nässe in Schuhen und Hose. Er war wohl in den nahe liegenden Weiher geraten, dessen Wasserstand die Sonne so reduziert hatte, dass nicht mehr als eine faulig riechende Lache übrig geblieben war. Der Mond schien hell, Paulus konnte sein Umfeld erkennen. Wo war Andor? Und wo war der Glatzkopf? Dann spürte er Finger im Nacken. Arme legten sich wie eine Python um seinen Hals. Der Kerl war hinter ihm. „Herr Paulus!", zischte die Stimme des Glatzkopfes. „Wir sollten miteinander reden!" Paulus ignorierte ihn. Er rief, so laut er mit der abgedrückten Luftröhre konnte, nach Andor. Doch das Tier schoss nicht aus dem dunklen Dickicht hervor, er blieb allein mit dem Angreifer. „Wir wissen, dass Sie uns unterlegen sind. Ihre Verteidigung hat uns nicht überzeugt, Sie sind schwach!" Paulus spannte vor Wut alle Muskeln an. Diese Bemerkung bestätigte nur seine Überlegungen, dass er mindestens einen von ihnen töten musste, damit sie ihm Respekt zollten und in Frieden ließen! Der Glatzkopf hatte bei Paulus' plötzlicher Gegenwehr Probleme, seinen Griff zu halten, doch er schaffte es. „Schalten Sie morgen die lokalen Mittagsnachrichten ein!", zischte er hinter ihm. „Haben Sie verstanden? Was Sie da erfahren werden, ist unsere letzte Warnung an Sie! Danach werden Sie vernichtet!" Paulus spürte ein Tuch auf seinem Gesicht. Ein ihm unbekannter Geruch stach ihm in die Nase. Alles begann sich zu drehen, er spürte, wie seine Knie nachgaben, und er in Dunkelheit und Stille versank.

Paulus spürte kaltes Wasser um sich herum. Er lag weich. Dann etwas in seinem Gesicht: nass, klebrig, heiß. Wo war er? Was war passiert? Seine Erinnerungen kehrten zurück: der Glatzkopf, der Wald, das Tuch, von dem er vermutete, dass es mit einem Betäubungsmittel getränkt gewesen war...

Mit einem Schlag war Paulus hellwach und setzte sich kerzengerade auf. Er befand sich immer noch im Wald. Vor ihm saß sein Hund Andor. Das Tier schleckte Paulus durch das Gesicht, winselte leise. Paulus zitterte. Die Nacht war warm, doch das Wasser um ihn herum und seine durchnässte Kleidung fühlten sich kalt an. Er stand auf, taumelte. Dann erst bemerkte er, dass aus Andors Stirn Blut quoll, das im Licht des Mondes glänzte. Was dann passierte, konnte sich Paulus nicht erklären. Er spürte eine unbändige Wut über das Tier, das versagt hatte, ihn weder gerettet noch den Glatzkopf gestellt hatte!

Andor ist Schuld! Er hat dich im Stich gelassen! Er hat versagt! Er ist es nicht wert, dass du ihn länger durchfütterst! Er ist es nicht wert!, rief es in Paulus, als er mit einem Stein auf den Kopf des Tieres einschlug. Andor taumelte benommen, bevor er auf die Seite fiel. Paulus schlug weiter auf den Hund ein, er wusste nicht wie oft, nicht wie lange. Als er irgendwann aufhörte, die Hände voller Blut, wusste er nur, dass das erste Lebewesen, das er getötet hatte, sein eigener Hund war. Wie es auch einst Paolo Cambiare getan hatte.

Kapitel 34

Nicht er, sondern die Hairesis-Initiative war Schuld an Andors Tod, schrie es in Norman Lukas Paulus. Er wälzte sich ruhelos in den Laken auf seiner Schlafcouch und grübelte sich in Rage. Ja, genau! Wenn die Sekte ihn nicht angegriffen hätte, wäre das alles nicht so gekommen... Dann würde sein Hund noch leben! Die Hairesis-Initiative war Schuld! Aber Andor war das Letzte gewesen, was er liebte, und was sie ihm genommen hatten, o ja! Er würde sich nun noch aggressiver, noch offensiver zu verteidigen wissen! Trotz der Lawine aus Wut, die nahezu jede Trauer verschüttete, spürte Paulus so etwas wie eine gewisse Freude und Zufriedenheit. Das, was er im Wald seinem Hund angetan hatte, hätte er noch vor wenigen Tagen niemals tun können. Selbstverständlich war es tragisch, ja unschön, aber es war auch notwendig. Der Tod des Tieres diente einem höheren Zweck, nämlich dem Überleben von *ihm*, einem Menschen! Damit war das Töten gerechtfertigt! Und außerdem: Es war schnell gegangen, erstaunlich schnell, wie Paulus fand. Er hatte dem Tier also unnötige Qualen erspart, und das war beim moralisch vertretbaren Töten – so unschön es auch immer war – wichtig! Das, *was* oder den, *wen* man töten musste, nicht auch noch quälen... Das wäre unwürdig, aber so wie er es getan hatte... das konnte er vertreten.

„Fressen oder gefressen werden!", murmelte Paulus und überlegte, was eigentlich den Men-

schen vom Tier unterschied... Wieso sollten
Menschen besser sein als Tiere? Nur, weil sie
intelligenter waren? Sprache nutzten? Kultur
entwickelten? Wieso sollte der Mensch über
den Naturgesetzen stehen?

Paulus grübelte über diese und weitere groteske Fragen. In seinem Kopf wurden Gedanken
geboren, die er noch wenige Wochen zuvor
zutiefst verabscheut hätte, die er mit Argumenten bekämpft hätte. Ansichten, die Hanna nie
und nimmer geteilt hätte. Mit solch wirren Gedankenfetzen und Moraltrümmern im Kopf
schlief er irgendwann ein, versank in eine
Traumwelt voller Katastrophen und Gewalt.

Kapitel 35

Im von Staub stumpfen Spiegel erkannte Paulus sich nur undeutlich wieder. Er stand da im
Licht des neuen Morgens und betrachtete ein
Spiegelbild, das in seiner Schemenhaftigkeit
kaum vom Spiegelbild Paolo Cambiares zu
unterscheiden gewesen wäre. Ein Glatzkopf in
dunklem Hemd und dunkler Hose, über den
Schultern spannte sich ein Lederjackett. Es war
die Kleidung von Paolo, die er tagelang getra-

gen hatte. Paulus nahm den Körpergeruch des Mörders wahr: etwas stechend, säuerlich.

Paulus wandte sich vom Spiegel ab und ging mit rollenden Schultern, leicht tänzelnd wie Paolo Cambiare, die Treppe hinunter. Er setzte sich mit einem Stuhl vor die Haustür und rauchte. Der Geruch des alten Männerschweißes aus der Kleidung, der Zigarettenqualm... Norman Lukas Paulus schloss die Augen, schmeckte den Rauch, atmete die Gerüche ein, die auch Paolo Cambiare wahrgenommen hatte, versank in dessen intimer Geruchswelt.

Er blieb dort sitzen, fast meditierend. Paulus wusste nicht wie lange. Nur noch ein Schritt trennte ihn von der Vollendung des Modellierens nach NLP-Regeln. Diesen Schritt würde er heute noch gehen. Gleich. Nur noch etwas verweilen, etwas Ruhe sammeln. Doch je länger er dort saß, desto unruhiger fühlte er sich. Er hatte Angst. Angst vor dem, was ihm die Mittagsnachrichten mitteilen sollten, was die letzte Warnung sein würde, mit der ihm der Glatzkopf gedroht hatte. Was wollten sie tun, dass ihr Handeln so wichtig war, dass es den Weg bis in die Medien schaffen würde? Paulus sah auf die Uhr. „Fünf vor zwölf", murmelte er. „In jeder Hinsicht!"

Die Nachrichten begannen, Paulus rutschte vor seinem Laptopbildschirm unruhig hin und her wie ein Spielsüchtiger vor der Lottoziehung. Er empfing über das Internet eine Radiosendung des WDR, so würde er schnell weitere Informationen über das Netz recherchieren können. Was erwartete ihn? Dann das erste Thema: „Während der anhaltenden Trockenperiode sind am frühen Morgen im Eller Forst mehrere Waldbrände ausgebrochen", begann der Moderator. Paulus schluckte, der Moderator fuhr fort: „Die Polizei geht von Brandstiftung aus." Nicht nur die Polizei, überlegte er, öffnete ein weiteres Fenster auf dem Bildschirm und gab die Webadresse eines regionalen Nachrichtenportals ein. Da! Dieselbe Meldung, allerdings auf der Internetseite mit einer Landkarte versehen: Die Brände waren weit weg von hier. *Noch...* Die nächsten Feuer würden hier in der Nähe ausbrechen, da war er sich sicher. Und sicher würden sie so gelegt werden, dass sie „zufällig" vom Wind in seine Richtung getrieben würden. Es war brenzlig. Paulus schnaufte vor Wut. Dann stand er auf. Es war Zeit, fertig zu werden. Die Sekte meinte es ernst. Er aber auch.

Norman Lukas Paulus wollte sich nichts anmerken lassen, als er – wieder in eigener Jeans und eigenem Hemd – den Orkus betrat. Paolo war außergewöhnlich kooperationsbereit, geradezu freundlich, besonders als Paulus ihm versicherte, ihm seine Kleidung in spätestens zwei Tagen zurückzugeben. *Du, Paolo, wirst nicht mehr lange genug leben, um zu merken, dass das nicht stimmt*, dachte Paulus und setze sich auf seinen Schemel, um den Modellierungsprozess abzuschließen.

Der elfte und letzte Schritt in dem Modell, das er anwendete, hieß „Emotionen". „Wenn Sie töten, wie fühlen Sie sich dabei?", begann Paulus. Paolo überlegte, während er auf seinem Butterbrot kaute.

„Ich fühle mich völlig unbeteiligt. Es ist das berühmte ‚neben-sich-Stehen'. Das gibt es wirklich. Sie sind ruhig, spüren ihren eigenen Atem, sind völlig konzentriert und doch innerlich weit weg. Es ist wie mit einem Handwerk: die Techniken, Abläufe und Handgriffe kennen Sie und haben sie verinnerlicht. Sie laufen also einfach so ab. Die Gefühle scheinen in diesen Momenten den Körper verlassen zu haben. Sie fühlen sich leer. Und wenn die Gefühle zurückkehren, ist die Person vor Ihnen tot, liegt da auf dem Boden und Sie denken ganz nüchtern ohne Schrecken: ‚Die ist tot. Das war's.' Keine Reue. Einfach eine Feststellung." Paulus nickte. Paolo beschrieb gerade in etwa das, was er selbst vergangene Nacht durchlebt hatte, als er Andor getötet hatte. Paolo fuhr fort, redete im Plauderton. „Dann merken Sie erst, wie angespannt Sie waren, dann, wenn sie sich langsam entspannen. Es ist vorbei. Es ist etwas wie ein Filmriss. Ein Teil von Ihnen will das alles nicht. Dieser will Teil nicht in den eigenen Körper zurück. Ihnen fehlt etwas. Doch das wächst nach wie Gewebe bei einer Wunde. Sie dürfen nur nicht zulassen, dass diese Wunde sich durch Ihr Gewissen entzündet. Ihr Verstand setzt noch einmal ein: ‚Du hast lange genug darüber nachgedacht! Du hast das Richtige getan, und du weißt es!', lautet diesmal die Parole, die ich in mir höre." Paulus folgte ihm gedanklich, ging den beschriebenen Prozess durch, wiederholte ihn und verglich ihn mit seinen eigenen Erfahrungen.

172

Paolo kam zum Ende: „Und dann setzt eine innere Nervosität ein. Ich muss verschwinden! Schnell! Jetzt! Es ist ein angenehmer Nervenkitzel! Das ist es. Mehr steckt nicht dahinter. Jetzt wissen Sie alles, was Sie brauchen, wenn Sie selbst ein Mörder werden wollen, Herr Paulus."

Kapitel 36

Der Sommertag raste an Paulus vorbei, ohne dass etwas passierte. Doch ein Gedanke, eine Erkenntnis lief ihm immer wieder hinterher wie eine Katze, die Aufmerksamkeit will: Es war nun Zeit, „die Fähigkeit" zu beherrschen, Tötungshemmungen zu überwinden. – Endgültig. Denn die Glatzenbande der Hairesis-Initiative würde keine Gnade kennen. „Sie werden kommen", murmelte Paulus immer wieder, während er vor dem Haus stand und zusah, wie die blutrote Sonne hinter den Baumwipfeln versank. „Sie werden kommen!" Er spürte es in der Magengegend... Doch da war noch etwas anderes... Ein neues Gefühl, das sich gebildet hatte wie ein Tumor, unbemerkt und doch fatal in seiner Wirkung. Paulus kannte dieses Gefühl nicht, doch wie der Verliebte weiß, dass es Liebe ist, die er in sich spürt, wusste Paulus, dass er die Wirkung des Modellierens in sich wahrnahm. Und er war sich sicher, dass dies das Gefühl war, das ihn in dem Moment, in dem es um alles oder nichts, um Leben oder Tod ging, die Kraft geben würde, dem Angreifer den Todesstoß zu versetzen. – Doch die Feuerprobe stand ihm noch bevor. Sie würden kommen. Und ihr Angriff würde sicher in dieser Nacht so stark, so aggressiv sein wie nie zuvor. Diesmal würden sie in sein Haus eindringen, würden es durchsuchen, würden Paolo in seinem Gefängnis vorfinden, befreien und ihn, Paulus, töten. Paulus ließ seine Fingerknochen knacken. Nein. Das war vielleicht der Plan der Hairesis-Initiative. Nicht aber seiner. Paulus ging in den Eingangsbereich seines Hauses. Er befestigte ein Messer an seinem Gürtel, versteckte ein weiteres in einer Lederscheide in seinem Soldatenstiefel. Entschlossen zog er Ahrimans Lederjackett an, das ihn vor Schlägen schützen sollte. Er griff nach einem armdicken Knüppel aus Holz, der an der Wand lehnte. Dann trat er vor die Tür in den warmen Sommerabend und schloss ab.

Ich werde Sie überraschen, dachte Paulus, während er um das Haus herumlief. Ich werde nicht im Haus darauf warten, dass sie die Scheiben durchbrechen oder die Tür aufsprengen. Nein. Ich werde da sein, wo sie mich nicht vermuten. Im Wald. In einem ihrer Beobachtungsposten, von wo aus sie den Angriff vorbereiten und koordinieren. Da werde *ich* mich verstecken, auf die Lauer legen, und dann werde ich einen von ihnen entführen. ...Ich Stifte Verwirrung. ...Und zwinge sie zum Abzug, wenn sie den Kerl wieder haben wollen. Paulus erreichte den Waldrand und zwängte sich ins Astwerk. Zwei Bäume begrüßten ihn wie stumme Wächter. Sein Vorhaben, *allein* eine Heerschar von fanatischen Sektenmitgliedern nur durch eine solche Taktik zu stoppen, war der Beweis für seine Entschlossenheit, die jedoch hinter der wutstrotzenden Fassade nichts als nackte Angst war. Angst, die er sich nicht eingestehen wollte. Angst, die er in ein irrwitziges Vorhaben umwandelte.

Er näherte sich in einem weiten Bogen dem Versteck der Hairesis-Initiative, das er ausgehoben hatte. Es war noch nicht die Zeit für ihre Angriffe, die Sonne noch nicht ganz untergegangen, aber Paulus vermutete, dass die Späher schon früh ihre Posten besetzen würden. Er schlich leise durch das Gestrüpp. Ab und zu blieb er stehen, lauschte. Nur Vogelgezwitscher. Keine Stimmen, kein Fiepen oder Rauschen von Funkgeräten, kein sich näherndes Motorenbrummen.

Er ging weiter. Der Beobachtungsposten musste unmittelbar vor ihm liegen. – Was war das? Hatte er sich verhört? Oder hatte jemand geflucht? Paulus blieb stehen, lauschte. *„Verdammtes Ding, jetzt mach schon!"* Es war eine Männerstimme, die da gedämpft zu ihm drang. Vorsichtig schlich Paulus weiter, schob einen Ast zur Seite – und sah einen Glatzkopf auf seinem Späherposten hocken. Er bemerkte Paulus nicht, seine ganze Aufmerksamkeit galt einer kleinen Infrarotkamera, die er auf das Haus richtete. Über seine Glatze spannte sich ein Kunststoffbügel mit Ohrlautsprecher und Mikrofon. *Du hast es dir lange genug überlegt, du musst es tun!,* rief es in Paulus. Er ging in Sekunden die gedanklichen Schritte Paolo Cambiares durch. Er spürte, wie sich dieselben Empfindungen in ihm ausbreiteten, ähnliche Gefühle wie in der vorherigen Nacht, als er Andor getötet hatte. Paulus spannte alle Muskeln an. Der Glatzkopf sagte gerade in das Mikrofon: „Ich seh' den Kerl nicht!" Paulus holte mit dem Knüppel aus...

...und schlug in die Äste über seinem Kopf! Es raschelte. Der Glatzkopf sah auf, blickte ihm direkt in die Augen. Paulus wollte zuschlagen, doch der Stock verfing sich noch mehr in den Ästen. Der Glatzkopf erkannte die Situation, sprang auf, ging in Kampfstellung. Paulus schaffte es, mit einem kräftigen Ruck den Stock aus dem Astwerk zu befreien und schlug ohne nachzudenken zu. Sein Verstand schaltete sich aus, er empfand kein Mitleid, als er die Schulter des Mannes traf. Nüchtern stellte Paulus fest, dass er ihm die Schulter brach. Er schlug wieder zu. Der Mann rief um Hilfe. Aus seinem Kopflautsprecher klang blechern eine Antwort. Paulus verstand kein Wort, war sich aber sicher, dass weitere Glatzköpfe schnell kommen würden. Er schlug erneut zu. Der Glatzkopf ging zu Boden. Gut so. Dann packte Paulus den Kerl und zerrte ihn weg wie ein Löwe eine Gazelle. Er zog ihn in das Dickicht, die Beine des Glatzkopfs strampelten, doch Paulus schleppte ihn immer weiter in den Wald. Von irgendwo her hallten wütende Männerstimmen zu ihm herüber.

Sie kamen.

„Befehle ihnen, dass sie verschwinden, und Du hast eine Chance zu überleben!", zischte Paulus. Der Glatzkopf gurgelte nur etwas Unverständliches. Dann lichtete sich die Vegetation, die hohen Bäume um sie herum wuchsen in weiten Abständen zueinander, bildeten ein Dach aus ihren Kronen. Es mutete beinahe wie in einer Kathedrale an: die Stämme als Säulen, die Kronen als Kuppel. Und wenige Schritte von ihnen entfernt: ein Abhang. Paulus fluchte, als er bemerkte, dass er am Abgrund stand, dass vor ihm die Erde fast fünf Meter abfiel. Eine unbändige Wut, wie er sie nicht gekannt hatte, brach in ihm hervor. Er schleuderte den Glatzkopf von sich weg. Der drehte sich wie ein Kreisel, und bevor er einige Meter vom Abhang entfernt die Orientierung wiedererlangte, schlug Paulus mit dem Knüppel zu. *Du hast es dir lange genug überlegt! Er ist es selbst Schuld! Es sind seine eigenen Regeln, die ihm zum Verhängnis werden!*, rief es in Paulus.

Plötzlich standen sie wieder direkt am Abgrund. Das Gesicht des Glatzkopfes war blutverschmiert. Paulus schlug erneut zu. Der Glatzkopf kippte über die Kante, fiel, prallte mit dem Rücken auf weiche Erde, rutschte und blieb unten am Fuß des Abhangs mit verdrehten Gliedern liegen. War er tot? Nein. Er hob den Kopf, winselte vor sich hin. Dann schossen wie Gespenster mehrere dunkle Schatten aus dem Dickicht am Fuß des Abhangs. Weitere Schergen der Hairesis-Initiative! Sie packten ihren verletzten Kameraden und zerrten ihn hektisch in die Dunkelheit der dichten Vegetation. Paulus stand fluchend und schimpfend oben am Abhang und warf Steine nach den geduckt laufenden Gestalten, brüllte wie ein Urmensch. Dann war der Spuk vorbei, die Glatzköpfe verschwunden, der Wald dunkel und still. „Das mache ich mit jedem Einzelnen von Euch, wenn es sein muss! *Ihr* seid *mir* unterlegen!", brüllte Paulus mit heiserer Stimme durch den Wald. Er wusste nun, dass er töten konnte.

Kapitel 37

Sollte er Paolo Cambiare sofort töten? Nein. Erst morgen. Eine Nacht hatte der Mörder seiner Frau noch. Das ist keine Gnadenfrist, sondern reines Kalkül, überlegte Norman Lukas Paulus und spähte aus dem Fenster seines Waldhauses. Die spinnennetzförmigen Haarrisse in der Scheibe erinnerten ihn nur zu gut daran, dass die Gefahr noch längst nicht gebannt war.

Der Wald lag dunkel da, über den Wipfeln funkelten die Sterne. Sind die Glatzköpfe der Hairesis-Initiative noch da draußen? Beobachten sie mich dabei, wie ich sie vergebens mit Blicken suche?, fragte sich Paulus.

Als er vor einer Stunde den Rückzug angetreten hatte, war das Unbehagen in seiner Magengegend mit jedem Schritt, mit dem er sich von dem Schlachtfeld entfernt hatte, gewachsen, war zur Angst, zur Panik geworden, das starke Gefühl der Unbesiegbarkeit dem Bewusstsein über die Verletzlichkeit gewichen. Er konnte jetzt töten, ja. Aber das nützte ihm nichts, wenn sie ihn gemeinsam in einem koordinierten Angriff überwältigten.

Paulus lief von Zimmer zu Zimmer, spähte aus den Fenstern, als seien sie Schießscharten. Erste Etage, hinteres Fenster, dann zu den Scheiben an der Frontseite, hinauf zu dem kleinen farbverschmierten Fenster auf dem Dachboden und dann zurück hinunter ins Erdgeschoss...

Ruhelosigkeit in seinem Magen. Anspannung im Nacken. Doch es war mehr als eine Form der Todesangst, die er spürte. Es war etwas, das er eher mit Lampenfieber vergleichen würde. Ja, die Nervosität vor dem großen Auftritt, die kam dem nahe. Paulus wusste aus seinen Coachings, dass Lampenfieber positiv war, dass es den Körper einsatzbereit, vital, ja in letzter Instanz *kampffähig* machte... Das passte. Das war es, was er brauchte. Er wusste, dass es die Aufregung vor dem Töten von Paolo Cambiare war. Einem Mord, der einem höheren Ziel zuarbeitete, der sein eigenes Überleben retten und die Hairesis-Initiative in die Schranken weisen sollte...
Paulus setzte sich in den lädierten Ohrensessel und begann in Gedanken die Schritte durchzugehen, die Paolo Cambiare ihm genannt hatte, die der selbst vor dem Töten durchging, durchlebte... Es dauerte nicht lange, dann verschmolzen die mentalen Übungsschritte mit Traumbildern voller Mord und Totschlag, als ein ruheloser Schlaf Paulus überwältigte.

Kapitel 38

Als Norman Lukas Paulus erwachte, roch er, dass es brannte. Von einer Sekunde zur nächsten war er hellwach, stand aufrecht vor seinem Ohrensessel. Was war los? Er lief zur Tür, rannte ins morgendliche Freie und begann, sich auf der Lichtung mit suchenden Blicken um die eigene Achse zu drehen. Da! In westlicher Richtung! Schwarze Rauchschwaden stiegen dort in den blauen Himmel! Das Feuer konnte nicht weit sein, nur wenige hundert Meter von hier, vermutete Paulus. Wann würde der Waldbrand das Haus erreichen? Wie könnte er am sichersten entkommen? Was sollte er mit Paolo Cambiare machen? Dann die düstere Eingebung: Vielleicht würde das Höllenfeuer, das sich da auf sein Haus zuwalzte, ihm nützen...

Er lief ins Haus und schaltete seinen Laptop ein. Über ein regionales Nachrichtenportal fand er eine Landkarte, auf der die Brände eingezeichnet waren: Das Feuer war gleichzeitig an fünf Stellen ausgebrochen. Die Anordnung der Brandherde war für Paulus der endgültige Beweis dafür, dass die Hairesis-Initiative dahinter steckte: Die Brandherde bildeten einen

Bogen um das Haus, der Wind würde sie schnell hierher treiben. Es musste schnell gehen, das wusste Paulus, – und er wusste ebenso, dass ihm der Waldbrand perfekt in die Hände spielte, wenn er Paolo Cambiare in etwa zehn Minuten tötete!

Paulus rannte die Kellertreppe hinunter, wusste, dass es das letzte Mal war, dass er diese Stufen hinunterstieg. Er riss die Tür auf. Paolo Cambiare schreckte von seiner Matte auf. Sein Blick verriet, dass er spürte, dass Paulus etwas im Schilde führte. „Heute endet Ihre Gefangenschaft bei mir!", verkündete Paulus knapp und wusste, dass dieser Aussage eine makabere Doppeldeutigkeit innewohnte. „Ich werde Sie jetzt mitnehmen und in einem Wagen fortfahren!" fuhr Paulus hektisch fort und hielt ihm die schwarze Stoffkapuze hin. „Ich muss Sie bitten, diese vorübergehend zu tragen!", sagte er. Cambiare schüttelte den Kopf. „Das können Sie nicht von mir erwarten!", begann er zu protestieren. Paulus biss sich auf die Lippen. Er hatte keine Zeit zu diskutieren. Sollte er Cambiare einfach hier und jetzt töten? Nein. Er hatte eine bessere Idee. Er ging zum Kellerfenster und riss es auf. „Riechen Sie das?", fragte er laut. „Der Wald um uns steht in Flammen! Und alles, um was ich Sie bitte, ist, dass Sie vorübergehend die Kapuze überziehen!" Paolo Cambiares Nasenflügel bewegten sich. Paulus warf ihm die Kapuze zu. Zögernd zog der sie über. Paulus schluckte, dann schloss er die Zelle zum ersten Mal, seit er Cambiare hier gefangen hielt, auf. Mit einem Quietschen öffnete er die Gittertür, packte Paolos Handgelenke und band sie mit einem Strick fest. „Bitte kommen Sie!", bat Paulus und zog an dem Seil.

Vor dem Haus regnete es Asche. Grauweiße Teilchen, die wie Schnee durch die Luft wirbelten, und deren Flugrichtung Paulus verriet, dass der Wind weiter auf sie zuhielt. Er schubste Paolo in Richtung des Wagens, entschuldigte sich groteskerweise sogar für die Unannehmlichkeiten.

Da Paulus' PKW von der Sekte zerstört war, fuhren sie in Hannas Auto. – Dem Wagen, in dem sie am Abend ihrer Ermordung zum Treffen mit Paolo Cambiare gefahren war, der nun in seinem orangefarbenen Gefangenenoverall und dem schwarzen Stoffsack über dem Kopf neben Paulus auf dem Beifahrersitz saß.

Der Wagen holperte durch den Wald. Immer mehr Ascheteilchen, teils noch orangeglühend, flogen gegen die Windschutzscheibe. Kein Wunder, wenn man direkt auf den Waldbrand zufährt, dachte Paulus.

Er ging in Gedanken noch einmal seinen Plan durch, in dem Bewusstsein, dass Paolo Cambiare in wenigen Minuten tot sein würde. Paulus warf einen Seitenblick auf den Mörder neben sich, der steif da saß, die gefesselten Hände im Schoß. Wenn er tot ist, werde ich ihn liegen lassen, dachte Paulus. Der Waldbrand wird ihn in kurzer Zeit überrollen und nicht viel von ihm übrig lassen. Bis er gefunden wird, würde noch etwas Zeit vergehen, aber seine Identität würde wohl kaum noch festzustellen sein, hoffte Paulus. Zumindest würden Pelzer und seine Kollegen Probleme haben, ihm den Mord nachzuweisen, da er keine Spuren hinterlassen würde, wenn alles glatt lief. Nur die Hairesis-Initiative würde eins und eins zusammenzählen können, würde schnell wissen, dass es Paolo Cambiares Leiche war, die da gefunden würde. Ihn hatte ihre Waldbrand-Drohung über die Medien erreicht, nun würde die Sekte von seiner Drohung ebenfalls aus den Medien erfahren. Dann würde ihnen endgültig klar werden, dass sie sich nicht mit ihm anlegen sollten!

Paulus war viel zu angespannt, um zu bemerken, wie naiv sein Vorhaben eigentlich war. Er stoppte den Wagen. Ein Stück weit vor ihm führte eine Böschung einige Meter in einen pflanzenüberwucherten Abgrund, unweit von ihm in der anderen Richtung erhob sich ein altes, vergessenes Mahnmal. Und dahinter, noch in sicherer Entfernung, tobte der Waldbrand. Das Feuer leuchtete zwischen den Bäumen hindurch, die Luft roch nach Rauch, Rußpartikel brannten in den Augen. Paolo Cambiare wurde unruhig auf seinem Sitz: „Was ist hier los? Wo sind wir?", fragte er nervös. Paulus antwortete nicht. Er öffnete die Wagentür, stieg aus und griff unter den Sitz, um eine Metallstange herauszuziehen. Er würde Paolo Cambiare erschlagen, so wie der seine Hanna erschlagen hatte! *Es gibt nur diese eine Chance, wenn du zögerst, wird es dir schwerer!* rief sich Paulus die Gedanken von Paolo ins Gedächtnis, während er um den Wagen herumlief und die Beifahrertür öffnete. „Was soll das? Wo sind wir?", fragte Paolo mit Angst in der Stimme. Paulus schubste ihn auf das Mahnmal zu. Als

Kind hatte er immer Angst vor diesem Ort gehabt, hatte geglaubt, hier würde der Tod in die Welt übertreten, würde eines Tages hier auf ihn warten. Dieser Tag war nun gekommen, auch wenn etwas anders als er es in seinen Kindheitsalbträumen gesehen hatte. *Du hast lange genug überlegt, ob es das Richtige ist!*, beschwor sich Paulus, um die letzten Zweifel aus seinen Gedanken zu verbannen. Sie gingen auf das Mahnmal zu. Eine schwarze Mauer mit einem Kreuz, davor, gemeißelt in dunklem Stein, ein kniender Mann. „Für die Opfer des mörderischen Rassenwahns", prangte dort in eisernen Buchstaben an der Mauer. Das passt, dachte Paulus und band das Seil, das Paolo Cambiares Hände fesselte, an dem Steinsockel des knienden Mannes fest. *Er ist es nicht wert, am Leben gelassen zu werden! Er ist dir moralisch restlos unterlegen, dieser Rassist, dieser Mörder, dieser Unmensch!*, redete sich Paulus ein. Er spürte dieselbe Energie im Körper, von der Paolo immer gesprochen hatte. Es war soweit. Die psychologische Anleitung funktionierte. Paulus schlug zu. Er war wie in Trance, immer wieder schlug er auf Cambiare ein, wusste, dass der das nicht überleben würde, spürte, dass es für ihn in Ordnung war, dass er nie wieder zögern bräuchte, einen Menschen zu töten, dass ihm so etwas wie in der Todesnacht von Hanna nie und nimmer mehr passieren würde. *Er* war gut, *er* war besser als diese Kreatur, die sich da vor ihm auf dem Boden wand. Plötzlich stockte Paulus. Der mörderische Rausch in ihm war noch nicht vorbei, nein, doch er hielt inne. Er hatte seine Umwelt ausgeblendet, hatte sie an den Rand seiner Wahrnehmung verbannt, hatte das Feuer nicht im Auge behalten. Der Waldbrand war inzwischen gefährlich nahe, hatte sich bis auf wenige Bäume an seinen Wagen herangefressen! Paulus rannte, ließ den verletzten Paolo Cambiare liegen, lief auf seinen Wagen zu.

Paulus sprang in das Auto, startete den Motor, legte den Gang ein und trat aufs Gas. Der Wagen ruckte nach vorn und sackte in ein Schlagloch ein! Mehr wütend als panisch trat Paulus auf das Gas, der Motor röhrte auf, der Wagen befreite sich aus dem Schlagloch und schnellte nach vorn, weg von dem Waldbrand, hin zu dem Abgrund vor ihm und schoss mit der Schnauze in die Luft. Einen Augenblick sah Paulus die schwarzen Rauchschwaden am

Himmel vor der Windschutzscheibe. Dann spürte er ein ungutes Gefühl im Magen wie bei einer Achterbahnfahrt, als der Wagen nach unten schwang und vor den Scheiben die Büsche in Sicht kamen. Der Aufprall. Das Auto schlug krachend auf das steil abfallende Gelände, rasierte Büsche nieder, Äste und Zweige kratzten an der Karosserie. Paulus sah nur noch Blätter über die Windschutzscheibe wischen, dann raste ein dicker Baumstamm auf ihn zu. Ein Krachen, Dunkelheit, Stille. Und ein Gedanke: Es ist vorbei.

Kapitel 39

Feuer. Paulus erwachte und atmete Rauch ein. Mit gequältem Blick hob er den kahlgeschorenen Kopf, der auf dem Lenkrad lag. Schmerz, ein Schwindelgefühl, Übelkeit. Dann der Schock: *Seine Beine schmerzten, er konnte sie nicht mehr bewegen!* Sie mussten gebrochen sein! Er zuckte zusammen, als er kalte Hände am Hals spürte. Paulus verließen erneut alle Kräfte, er ließ es mit sich geschehen: Jemand griff ihm unter die Arme, zog ihn Richtung Wagentür. Dann rückte ein blutverschmiertes Gesicht in seinen Blickwinkel. Paolo Cambiare beugte sich über ihn. Paulus musste die Fesseln nicht fest genug verknotet haben, der Mörder war frei, und er ihm mit zwei gebrochenen Beinen ausgeliefert. Paolo sagte nichts, griff ihm unter die Arme und zog ihn aus dem Autowrack. Schmerzhaft spürte Paulus seine gebrochenen Glieder gegen den Türrahmen stoßen. Dann griff ihm Paolo in die Kniekehlen, hob ihn an. Was will er? Mich ins Feuer werfen?, schoss es Paulus durch den Kopf. Paolo ging los, trug Paulus wie ein Kind. Das Feuer wütete unweit von ihnen. Die Luft war voller Rauch und herumwirbelnder Asche. Paulus wusste nicht, wohin Paolo Cambiare ihn trug. Panik stieg in ihm auf. Er blickte nach oben, vorbei an dem orangefarbenen Gefangenenoverall, den zu tragen er Cambiare gezwungen hatte, weiter hinauf zu dem blutverschmierten Gesicht. Cambiares Züge wirkten hart, konzentriert, seine Augen schienen auf ein Ziel gerichtet. Paulus verdrehte den Kopf, versuchte zu erkennen, wohin sie gingen. Das Mahnmal, wo er Cambiare hatte töten wollen, lag inzwischen weit hinter ihnen. Die Kulisse der haushohen Flammen dominierte das Bild. Es war offensichtlich: Paolo Cambiare trug ihn fort von dem Feuer! Konnte das sein? Rettete der Mörder seiner Frau ihm gerade das Leben? Ihm, Norman Lukas Paulus, der von diesem das Überwinden von Tötungshemmungen gelernt hatte... der begonnen hatte, Cambiare zu töten... der es nur aus einem Zufall nicht zu Ende geführt hatte? Kam ihm gerade die Gnade zuteil, dass *der* ihm das Leben rettete? Was war passiert?

Paulus versuchte, die Situation zu verstehen, während er in den Armen von Paolo Cambiare lag, der ihn zügigen Schrittes fort von dem Höllenfeuer trug. Konnte das sein? Hatte der Prozess des Modellierens, das Befragen, das Konfrontieren Paolo Cambiares mit sich selbst und seiner Gedankenwelt dazu geführt, dass der gewissermaßen therapiert worden war? Dass umso mehr er, Paulus, zum Saulus geworden war, sich dieser Saulus zum Paulus gewandelt hatte? Norman Lukas Paulus konnte es nicht fassen, wusste aber, dass dies absolut möglich war. Sie hatten die Seiten gewechselt, so wie er es im Kleinbus nach dem Kidnapping von Paolo gesagt hatte. *„Zeit, die Seiten zu wechseln"*, waren das nicht seine Worte gewesen? –

Nur, dass ihm damals der Wechsel vom Schwachen zum Überlegenen vorgeschwebt war...

Die gleichen Gespräche, die für ihn zu diesem *Saulus-Effekt* geführt hatten, hatten Paolo Cambiare offenbar zu seinem inneren Damaskus geführt...

Das Feuer lag nun weit hinter ihnen, an den Rettungsabsichten Paolo Cambiares gab es für Paulus keinen Zweifel. Doch sie waren noch nicht außer Gefahr. Eine schwarze Rauchwolke überrollte sie. Die Männer husteten, Paulus rieb sich die brennenden Augen. Als sich die Schwaden lichteten, der Schock. Ein oranges Leuchten wurde sichtbar. Vor ihnen wütete ein weiterer Brandherd! Paolo Cambiare blieb stehen, Paulus beobachtete dessen Mimik, in der sich der ganze Schrecken des Szenarios widerspiegelte. Paolos Kinnlade klappte herunter, seine Augen weiteten sich. Dann spürte Paulus die plötzliche Anspannung in dessen Körper. Paolo sprang mit Paulus in den Armen zur Seite, es krachte. Dann sah Paulus einen brennenden Baumstamm wie eine Schranke quer über dem Pfad liegen. Ohne ein Wort schritt Cambiare los. Paulus spürte Äste, die über sein Gesicht kratzten, als ihn Paolo direkt in das

Dickicht trug. Nach wenigen Schritten lichtete sich das Buschwerk, Paulus hörte ein schmatzendes Geräusch, spürte, wie Paolo sein Gewicht ausbalancieren musste, um nicht umzufallen. Paulus verdrehte den Kopf, blickte nach unten: Morast. Morast, der den sumpfigen Ausläufer eines kleinen Sees bildete. Das Wasser könnte sie ebenso retten wie töten, das war Paulus klar. Sie sanken immer tiefer ein, obwohl Paolo durch das eher seichte Randgebiet watete. Paulus spürte kaltes Wasser am Rücken. Paolo stand bis über den Bauchnabel im See. Es ist vorbei. Es wird enden, hier und heute, dachte Paulus und schloss die Augen. Irgendwann spürte er die Nässe nicht mehr, das Schmatzen von Paolos Schritten wich einem Rascheln, sie mussten den See verlassen haben. Dann öffnete Paulus fragend die die Augen. Hatte er sich verhört? Nein! Da war es: das Geräusch von Rotorblättern eines Hubschraubers! Das vibrierende Brummen kam näher, ein Helikopter flog in niedriger Höhe über die Bäume. Sie riefen, winkten, soweit es Paolo, der Paulus wohl nicht ablegen wollte, konnte. Der Hubschrauber donnerte über die Lichtung, flog vorbei, verschwand hinter den Baumwipfeln, das Motorengeräusch entfernte sich. Paulus verließ erneut alle Hoffnung. Dann kehrte der Hubschrauber aus einer anderen Richtung zurück, tiefer als zuvor. Die Gräser und Äste bewegten sich wie bei einem Orkan. Staub wirbelte durch die Luft, trieb Paulus Tränen in die Augen. Und durch die Tränen hindurch sah er verschwommen den Hubschrauber, der auf der Lichtung aufsetzte. Die Schiebetür an der Seite wurde aufgehievt, jemand winkte ihnen zu.

„Vorsicht, dieser Mann ist verletzt!", hörte Paulus Paolo Cambiares Stimme. Es war das erste Mal, dass er etwas seit seiner Rettungsaktion sagte. Hände griffen nach Paulus, behutsam zogen sie ihn an Bord des Hubschraubers. „Ich habe Ihnen doch gesagt, dass ich ein Auge auf Sie werfe!", hörte Paulus eine Männerstimme, die er nicht sofort zuordnen konnte. Er hob den Kopf. Vor ihm saß der Kriminalbeamte Oskar Pelzer. Der Hubschrauber gewann schnell an Höhe, Paulus schluckte, um den Druck in den Ohren zu vertreiben. Der Ermittler musterte Cambiares orangefarbenen Overall, der an vielen Stellen voll schwarzem Ruß und Blut war. „Wenn Sie diese leuchtende Kleidung nicht getragen hätten, hätten wir Sie eventuell nie bemerkt!", erklärte der Polizist. Paulus drehte den Kopf Richtung Fenster. Der Wald stand in weiten Teilen in Flammen. „Wer sind Sie, und was machen Sie hier draußen?", fragte Pelzer den blutverschmierten Cambiare. – Jetzt ist alles vorbei, dachte Paulus. Er würde auffliegen, und er hatte es verdient, da war er sich plötzlich sicher. Sein mörderisches Vorhaben erschien ihm so grotesk wie ein Albtraum, der im Schlaf so unendlich echt erscheint. Cambiare sah Pelzer an. „Ich war ein Gefangener", begann er langsam. Paulus schloss die Augen. Pelzer hakte weiter nach. „Gefangener? Von wem?" „Ich war ein Gefangener der Hairesis-Initiative und deren Weltbild." Paulus blickte Paolo Cambiare an, der mit einem Gesicht, das volle Aufrichtigkeit widerspiegelte, sagte: „Norman Lukas Paulus hat mir geholfen, dass ich mich aus der psychischen Abhängigkeit der Sekte, deren Ideologie und deren Werten befreien konnte. Er hat mich gerettet."

Epilog

Es ging zu Ende. An dem Tag, an dem bei Düsseldorf der Wald in Flammen stand, und der

Mörder Paolo Cambiare seinen potentiellen Mörder Norman Lukas Paulus das Leben rettete, begann es zu regnen, die lange Hitzewelle endete.

Es regnete drei Tage lang. Als wollte das Wasser des Regens meine Schuld fortwaschen, dachte Paulus und blickte nachdenklich auf die Blumenstraße Düsseldorfs. Er saß in einer Kaffeebar in den Schadow Arkaden und wartete, am Kaffee nippend, auf seinen Freund Peter Fels. Er hatte dem Religionspädagogen alles gebeichtet. Der wusste nun Bescheid. Als einziger Mensch, außer ihm.

Fels betrat die Kaffeebar, das Gesicht regennass, als hätte er geduscht. „Wie fühlst Du Dich?", begrüßte der beleibte Seelsorger Paulus mit einem Blick auf die am Stuhl lehnenden Gehhilfen. Paulus zuckte die Schultern. „Gesundheitlich besser, aber die Lage ist einfach merkwürdig. Paolo Cambiare muss der Polizei den größten Unfug aufgetischt haben. Gegen mich wird nicht ermittelt. Ich weiß nicht, wie er das hinbekommen hat." Fels nickte. „Gegen Paolo Cambiare wird dagegen ermittelt. Wegen Mordes an Hanna", fuhr Paulus fort. „Aber noch ist er auf freiem Fuß. Die Beweise reichen nicht, und ich kann ihn nicht überführen, ohne mich eventuell selbst in die Misere zu bringen." Peter Fels sah ihm tief in die Augen. „Ich glaube, Du willst ihn auch gar nicht belasten", meinte er dann. Paulus schluckte, es fiel ihm schwer, weiter zu sprechen. „Hanna sagte, ich solle den Mörder verstehen, um wieder glücklich zu werden. So fing das alles an. Und ich habe den Mörder Paolo Cambiare verstanden. Ja, ich habe verstanden, dass auch ich in die Situation kommen kann, töten zu wollen, töten zu können und das Töten sogar für richtig, ja für unausweichlich zu halten. Das habe ich verstanden, obgleich ich weiß – noch mehr als zuvor – dass es keine Lösung ist. Ich hasse Paolo Cambiare für das, was er getan hat. Doch ich kann jetzt erahnen, *warum* er es tat, und ich weiß, *wie* er es tat." Paulus blickte auf die verregnete Straße. „Ich weiß nicht, ob Hanna das gemeint hat. Ob ich wieder glücklich werde, wird die Zukunft zeigen. Doch verstanden habe ich ihn." „Menschen tun schlechte Dinge aus gutem Grund", sagte Peter Fels leise. „Das sehe ich immer wieder." Paulus nickte. „Ich bin froh, dass das alles vorbei ist." Fels schwieg. „Heute ist der Tag, an dem ich insgeheim gehofft hatte, dass die Hairesis-Initiative über die Medien von meinem... Mord an Paolo Cambiare erfährt", sagte Paulus kopfschüttelnd. Er konnte es nicht glauben, dass er das wirklich einmal gewollte hatte. Er fühlte sich wie ein Mann, der nach einem Vollrausch im wiedererlangten nüchternen Zustand bemerkt, dass er seine Wohnung zerstört hat, dass er Kräfte und Aggressionen entfesselt hatte, die er nie in sich erahnt hätte.

Es ist vorbei, dachte Paulus erneut und trank an seinem Kaffee. Peter Fels schob ihm einen Zeitungsartikel aus der aktuellen Ausgabe der Rheinischen Post über den Tisch. Paulus stutzte. Der glatzköpfige Paolo Cambiare starrte ihn von einem Foto aus an. „Das Sektenmitglied Paolo Cambiare, das des Mordes an Hanna P. verdächtigt wird, wurde bereits gestern nahe der Bahntrassen auf den Düsseldorfer Rheinwiesen tot aufgefunden. Die Polizei geht von einem Vergeltungsakt der Sekte ‚Hairesis-Initiative' aus, da Paolo Cambiare offenbar aussteigen wollte und einem Nicht-Sektenmitglied das Leben gerettet hatte", las Paulus erschüttert. Schuldgefühle, wie sie paradoxer nicht sein konnten, stiegen für einen Moment in ihm auf.

Paulus sah Fels mit von Fassungslosigkeit ge-
weiteten Augen an. Das durfte doch alles nicht
wahr sein! „Im letzten Satz des Artikels wird der
Kriminalhauptkommissar Oskar Pelzer zitiert",
sagt Fels mit ruhiger Stimme. „Ich finde den
letzten Satz sehr beruhigend." „Und was ist der
letzte Satz?" fragte Paulus. Fels las ihn vor: „Die
Ermittlungen gegen die Sekte ‚Hairesis-Initiative' wegen zweifachen Mordes haben begonnen."

Über den Autor:

Ansgar Fabri ist Journalist, Autor und Dozent. Neben Veröffentlichungen von Romanen, Kurzgeschichten und Fachbüchern bei Verlagen organisiert er Buchprojekte für verschiedene Institutionen. Seine Kurzgeschichte „Alltagsszene" wurde von Amnesty International und Aktion Mensch prämiert. Der Autor ist Mitglied in der Krimischriftstellervereinigung "Syndikat". Er war wissenschaftlicher Mitarbeiter in einem Forschungsprojekt zur „Psychiatrie und Patientengeschichte" an der Hochschule Niederrhein, an der er auch regelmäßig Kreatives Schreiben lehrt. Er unterrichtet für die VHS Düsseldorf, das ASG Bildungsforum Düsseldorf und das Goethe-Institut Deutsch als Fremdsprache. Mit seiner Frau, der Kulturpädagogin Nadine Fabri, und seinem Sohn Noah lebt er in Mönchengladbach.

Weitere Informationen zu Publikationen und Projekten auf: www.fabri-k.de

Weitere Publikationen

des Autors

Hinter den Ginstertrieben

Die Studentin Klaudia führt ein Doppelleben: als Border-linerin und als Krisenberaterin beim Sorgentelefon. Ihr Leben gerät aus den Fugen, als ein Kinderschänder sie um psychologische Beratung bittet. Sie entlarvt ihn als den Albtraum ihrer Kindheit. Der Mann ahnt nicht, wem er seine Gedanken und Ängste am Sorgentelefon anvertraut. Während die Welt um sie herum in einem zermürbenden Wetterchaos versinkt, forscht Klaudia weiter nach und kommt zu einer schockierenden Erkenntnis: Sie muss den Mann zum Selbstmord bewegen - durch das Telefon, mit psychologischer Manipulation.

- - -

"Wenn Ansgar Fabri einen Krimi schreibt, dann kommt am Ende irgendwie immer mehr als ein Krimi dabei her-aus. Stets liefert der Mönchengladbacher eine psycho-logische Dimension mit."

Rheinische Post

Raptus

Der brutale Mord an einem amerikanischen Soldaten im Mönchengladbacher NATO-Stadtteil „Joint Headquarters" sorgt für Wirbel in höchsten Kreisen. FBI-Agent Gordon Northborn wird an den Niederrhein beordert, um mit dem Mönchengladbacher Ermittler Oskar Pelzer und dessen Team den Fall zu untersuchen. Weitere Soldaten werden auf immer drastischere Weise getötet. Das deutsch-amerikanische Ermittlerteam vermutet einen Täter, der selbst Opfer ist. Schon bald eskalieren die Ereignisse.

- - -

„Ansgar Fabri setzt sich in seinem Psychothriller auf spannende und mitreißende Weise mit der Thematik der posttraumatischen Belastungsstörung und ihren verheerenden Ausmaßen auseinander." *Magazin HINDENBURGER*

„Packend, aufreibend, tiefschürfend und lehrreich." *Rheinische Post*

„Ansgar Fabri schreibt Psychothriller, die unter die Haut gehen." *Niersradio*

Join the Headquarter

Ansgar und Nadine Fabri

Es war das wohl größte britische Dorf außerhalb des englischen Königreichs, dann verwandelte es sich in eine Geisterstadt und wurde zeitweise als Nachfolgeort für den legendären „Rock am Ring" gehandelt – die Joint Headquarters in Mönchengladbach. Erfahren Sie in anschaulichen Reportagen Wissenswertes über das, was in diesem ungewöhnlichen Garnisonsstadtteil Mönchengladbachs passierte und lesen Sie in mehreren Kurzgeschichten, was dort vielleicht noch hätte passieren können, aber (oft zum Glück) nicht passiert ist. In der umfangreichen Geschichte „Alternative Null" entwirft das Autorenpaar eine düstere Zukunftsvision vom JHQ, die an vielen Schauplätzen mit Wiedererkennungseffekt spielt.

- - -

"Super spannend geschrieben!"
Lena Sapper, TV-Journalistin CityVision